Peter Rabbit's
12 Presents
피터 래빗의 열두 가지 선물

피터 래빗의 열두 가지 선물

1판 1쇄 | 2015년 11월 1일

지은이 | 베아트릭스 포터
옮긴이 | 김나현
펴낸이 | 장재열
펴낸곳 | 단한권의책
출판등록 | 제251-2012-47호 2012년 9월 14일
주소 | 경기도 수원시 영통구 권광로 260번길 36 매탄동 현대힐스테이트 127동 304호
전화 | 010-2543-5342
팩스 | 070-4850-8021
이메일 | jjy5342@naver.com
온라인 카페 | http://cafe.naver.com/onenonlybooks

ISBN 978-89-98697-20-4 43840
값 | 12,800원

Peter Rabbit's
12 Presents

피터 래빗의 열두 가지 선물

베아트릭스 포터 지음 | 김나현 옮김

단한권의책

피터 래빗과 그의 친구들

제레미 피셔 : 제레미 피셔는 그 이름대로 낚시를 매우 좋아하는 개구리입니다. 어느 날, 평소와 마찬가지로 낚시 삼매경에 빠져 있던 제레미 피셔는 무시무시한 송어에게 잡아먹힙니다. 제레미는 이 절체절명의 위기를 극복하고 피노키오처럼 송어의 뱃속을 탈출할 수 있을까요? ——————— 104p

 톰 키튼 : 톰 키튼의 엄마는 새끼 고양이들에게 새로 갈아입은 옷을 더럽히지 않도록 조심하며 놀라고 신신당부합니다. 그러나 장난꾸러기 새끼 고양이들은 밖에서 놀다가 옷을 더럽히고, 결국 잃어버리고 맙니다. 마침 그곳을 지나던 오리들이 그 옷을 주워 입고 가버리는데요. 새끼 고양이들은 잃어버린 옷을 되찾을 수 있을까요? ——— 120p

 넛킨 : 다람쥐 넛킨은 말썽꾸러기입니다. 어느 날, 다람쥐들은 뗏목을 타고 부엉이 섬에 가서 부엉이에게 선물을 바치고 도토리를 주워옵니다. 한데, 버릇없는 넛킨은 부엉이에게 무례하게 굴어 화나게 합니다. 결국, 넛킨은 머리끝까지 화가 난 부엉이에게 붙잡혀 목숨이 위험해지는데요. 녀석은 과연 목숨을 구할 수 있을까요? ——— 136p

 티미 팁토스 : 아내와 함께 도토리를 줍던 회색 다람쥐 티미 팁토스는 어느 날 도토리 도둑의 누명을 쓰고 다른 다람쥐들에게 붙잡혀 어느 나무 구멍 속에 감금됩니다. 그러나 그의 아내는 그 사실을 알지 못한 채 애타게 그를 찾아다닙니다. 티미 팁토스는 과연 구멍을 탈출해 아내가 기다리는 집으로 돌아갈 수 있을까요? ——— 154p

 나쁜 쥐 부부 훈카문카와 톰썸 : 나쁜 쥐 훈카문카와 그녀의 남편 톰썸은 어느 날 아름다운 인형의 집에 침입합니다. 맛있어 보이는 음식이 모두 모조품인 걸 알고 화가 난 두 쥐는 그걸 모조리 부수고 인형의 집을 난장판으로 만듭니다. 나중에 집에 돌아온 인형들은 완전히 엉망이 된 집을 발견하고 소스라치게 놀라는데요……. ——— 172p

 티기 윙클 : 티기 윙클 부인은 날마다 더럽혀진 옷을 세탁해 깨끗하게 만들고, 구겨진 옷을 빳빳하게 다림질합니다. 하루는 그녀의 집에 앞치마와 손수건을 잃어버려 애타게 찾아다니는 귀여운 소녀 루시가 찾아옵니다. 티기 윙클 부인은 과연 루시의 물건을 찾아줄까요? 엇, 한 가지 비밀이 있는데요. 티기 윙클 부인의 정체가 뒤에서 밝혀진답니다. ——— 190p

The Tale of Peter Rabbit

피터 래빗 이야기

옛날에 꼬마 토끼 사형제가 살았어요.

그들의 이름은 플롭시, 몹시, 코튼테일, 그리고 피터였죠.

사형제는 엄마와 커다란 전나무 뿌리 아래 모래 언덕에서 살았답니다.

어느 날 아침, 엄마 토끼가 말했어요.

"자, 애들아! 이젠 들판이나 길 아래쪽엔 가도 좋아. 하지만 맥그레거 씨네 정원에는 절대로 가면 안 된다. 너희 아빠도 그 정원에 갔다가 맥그레거 씨한테 붙잡히는 봉변을 당한 거란다."

"이제 나가서 놀아라. 나쁜 짓은 하면 안 돼! 엄마는 외출한다".

엄마 토끼는 바구니와 우산을 가지고 숲 속을 지나 베이커 씨네 가게에 갔어요. 그런 다음 거기서 갈색 빵 한 덩어리와 건포도빵 다섯 개를 샀지요.

플롭시와 몹시, 코튼 테일은 말을 잘 듣는 착한 토끼들이라서 길 아래쪽에서 블랙베리를 땄답니다. 그러나 죽어라고 말을 안 듣는 토끼인 피터는 곧장 맥그레거 씨네 정원으로 달려가 문 아래로 비집고 들어갔어요. 먼저, 피터는 상추와 강낭콩을 먹은 다음 무를 뽑아 먹었어요.

그런 다음, 속이 약간 좋지 않아서 파슬리를 찾아다녔지요. 그러다가 오이
밭 모퉁이에서 맥그레거 씨와 딱 마주쳤어요!

맥그레거 씨는 무릎을 꿇고 엎드린 채 어린 양배추를
심고 있었는데, 피터를 보더니 갑자기 벌떡
일어나 갈퀴를 흔들며 쫓아왔어요. 이렇게
외치면서 말이지요.
"도둑아, 게 섰거라!"

피터는 너무 놀라 완전히 겁에 질려서 정신없이 정원을 뛰어다니느라 좀
전에 비집고 들어온 문이 어디 있는지 깜빡 잊고 말았어요. 게다가 신발도
한 짝은 양배추밭에서, 나머지 한 짝은 감자밭에서 잃어버렸지요.
피터가 신발을 잃어버린 뒤 네 발로 좀 더 빨리 달렸다면, 그래서 재킷의
황동단추가 구스베리 그물에 걸려 넘어지지 않았다면 무사히 빠져나갈 수 있
었을지 몰라요. 황동 단추가 달린 파란 재킷은 산 지 얼마 되지 않은 새것
이었거든요.

피터는 이제 자긴 꼼짝없이 죽은 목숨이라
고 체념한 채 닭똥 같은 눈물을 흘리고 있었
어요. 그러자 녀석이 흐느끼는 소리를 듣고
참새 친구들이 날아와 절대 포기하지 말라
고 격려해 주었어요.

맥그레거 씨는 피터의 위쪽에서 번개같이
덮쳐서 잡으려고 체를 들고 왔어요. 하지만
다행히도 피터가 적절한 때에 몸을 움직여 재킷만 두고 무사히 빠져나올
수 있었지요.
그런 다음, 피터는 황급히 공구창고로 들어가 물뿌리개 안에 숨었어요. 물
만 들어 있지 않았다면 물뿌리개는 그런대로 숨기에 좋은 물건이었을 거예
요. 맥그레거 씨는 공구창고 어딘가에 피터가 있을 거라고 확신했어요. 그
는 아마도 녀석이 화분 아래에 숨어 있을 거라고 생각했지요. 그래서 조심

스럽게 화분을 하나하나 뒤집어 살펴봤어요.
"에~취!!!"

그때 공교롭게도 피터가 요란하게 재채기를 했고, 맥그레거 씨는 서둘러 쫓아갔지요. 피터는 창문 밖으로 뛰쳐나가면서 화분을 세 개나 뒤엎었어요. 맥그레거 씨는 피터를 거의 발로 밟을 뻔했다가 놓쳐 버렸지요. 다시 피터를 뒤쫓으려 했지만 창문이 아주 작아서 빠져나갈 수 없는 데다 너무 지쳐서 더 이상 뒤쫓을 수도 없었어요. 하는 수 없이 맥그레거 씨는 다시 일을 하러 갔지요.

피터는 잠시 앉아서 쉬었어요. 숨이 너무 가쁘고 무서워서 한동안 몸을 덜덜 떨었지요. 어떻게 집으로 돌아가야 좋을지 아무 생각도 나지 않았어요. 게다가 물뿌리개 안에 물이 있었던 탓에 몸도 흠뻑 젖어 버렸지요. 시간이 좀 더 지나고 몸이 말라 다시 돌아다닐 수 있게 되었어요. 피터는 신속하게, 그러나 너무 서두르지 않으면서 주위를 살폈어요. 피터는 담장에서 문을 찾았지만 굳게 잠겨 있었어요. 게다가 문 아래에는 통통한 꼬마 토끼가 비집고 들어갈 만한 틈새가 전혀 없었지요.

늙은 쥐가 문간 안팎으로 뛰어다니며 숲 속에 사는 가족들에게 콩을 나르고 있었어요. 피터는 쥐에게 숲으로 가는 문을 어떻게 찾아야 하는지 물었지만 입 속에 커다란 콩을 물고 있어서 대답해 줄 수가 없었어요. 쥐는 고개를 홰홰 젓기만 했고, 피터는 그만 울음을 터뜨리고 말았어요.

피터는 정원을 가로질러 밖으로 나가는 길을 찾으려 했지만 갈수록 혼란스러워지기만 했어요.

잠시 후 피터는 맥그레거 씨가 물을 가득 채워 놓은 연못에 도착했지요. 흰 고양이는 쥐 죽은 듯 조용히 금붕어를 쳐다보고 있었어요. 가끔 살아 있다는 걸 확인이라도 시켜 주려는 듯 고양이 꼬리가 씰룩씰룩 움직였답니다. 피터는 고양이와 말을 섞지 않고 재빨리 지나치는 것이 상책이라고 생각했어요. 언젠가 피터의 사촌 벤저민이 고양이에 대해 들려준 적이 있기 때문이죠.

피터는 다시 공구창고로 돌아갔어요. 그때 갑자기 아주 가까이서 괭이로 밭을 가는 소리가 들렸지요. 피터는 허둥지둥 덤불 밑으로 숨었어요. 그런데 아무 일도 일어나지 않자 다시 밖으로 나와 손수레 위로 올라가 슬쩍 밖을 살펴보았지요.

가장 먼저 눈에 들어온 것은 맥그레거 씨가 양파밭에서 괭이질을 하고 있는 모습이었어요. 맥그레거 씨는 피터에게 등을 돌린 채 일하고 있었고, 그 뒤로 문이 보였어요!

피터는 소리 나지 않게 조용히 손수레에서 내려와 블랙베리 덤불 뒤 직선 거리를 따라 쏜살같이 달려갔어요. 맥그레거 씨는 이따금 한 번씩 모퉁이 쪽을 쳐다봤지만, 피터는 신경 쓰지 않았지요.

잽싸게 문 아래로 미끄러져 들어가 정원 밖으로 빠져나온 다음 숲에 들어서자 겨우 안심이 되었어요. 맥그레거 씨는 조그만 재킷과 신발을 허수아비에 매달아 곡식을 훔쳐 먹는 까마귀들을 쫓는 용도로 사용했어요.

피터는 집에 도착할 때까지 단 한 번도 멈추거나 뒤돌아보지 않고 전나무를 향해 달려갔어요. 피터는 너무 피곤해서 토끼굴의 푹신한 바닥에 털썩 주저앉아 스르르 눈을 감았지요. 엄마는 요리하느라 바빴지만, 피터가 대체 옷을 어떻게 한 건지 궁금했지요. 그 재킷과 신발은 피터가 지난 2주 동안 벌써 두 번째 잃어버린 것이었거든요.

딱하게도 피터는 저녁 내내 몸이 좋지 않았어요. 엄마 토끼는 피터를 침대에 눕힌 다음 카밀러 차를 만들었지요. 그런 다음 따끈한 차를 많이 마시게 했어요.

"자기 전에 한 잔 가득 마셔라."

플롭시와 몹시, 코튼테일은 저녁으로 빵과 우유, 블랙베리를 먹었어요.

sunday	monday	tuesday	wednesday
——	——	——	——
——	——	——	——
——	——	——	——
——	——	——	——
——	——	——	——

thursday	friday	saturday	memo
———	———	———	
———	———	———	
———	———	———	
———	———	———	
———	———	———	

1 2 3 4 5 6 7 8 9 10 11 12

_____
mon

_____
tue

_____
wed

_____
thu

Fri

Sat

Sun

_____
mon

_____
tue

_____
wed

_____
thu

Fri

Sat

Sun

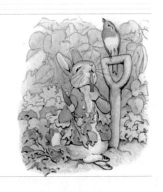

1 2 3 4 5 6 7 8 9 10 11 12

_____
mon

_____
tue

_____
wed

_____
thu

Fri

Sat

Sun

1 2 3 4 5 6 7 8 9 10 11 12

___
mon

___
tue

___
wed

___
thu

_____
Fri

_____
Sat

_____
Sun

1 2 3 4 5 6 7 8 9 10 11 12

___
mon

___
tue

___
wed

___
thu

Fri

Sat

Sun

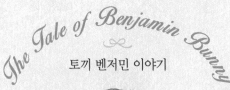

토끼 벤저민 이야기

어느 날 아침, 작은 토끼 한 마리가 강둑에 앉아 있었어요. 녀석은 귀를 쫑긋 세우고 따가닥따가닥 조랑말 말발굽 소리에 귀를 기울이고 있었지요.

잠시 후, 강 옆으로 난 길을 따라 마차가 한 대 다가오는 것이 보였어요. 마차에는 두 사람이 타고 있었는데 한 사람은 맥그레거 씨, 다른 한 사람은 그의 아내 맥그레거 부인이었지요. 맥그레거 씨는 운전하고, 옆자리에 앉은 맥그레거 부인은 예쁜 모자를 쓰고 다소곳이 앉아 있었어요.

그들이 지나가자마자 꼬마 토끼 벤저민은 숲길을 미끄러져 내려가며 깡충깡충 달리기 시작했어요. 맥그레거 씨의 정원 뒤 숲에 사는 친척을 찾아가는 길이었지요.

그 숲은 토끼굴로 가득했어요. 그중 모래

로 뒤덮인 가장 깨끗한 굴에 벤저민의 고모와 사촌들인 플롭시, 몹시, 코튼 테일과 피터가 살고 있었지요.

벤저민의 고모는 남편 없이 네 명의 자식들과 함께 살았는데, 토끼털 장갑과 토시를 만들어 팔아 생활했어요(언젠가 저도 자선 장터에서 고모가 만든 토시를 산 적이 있지요). 그뿐만이 아녜요. 그녀는 허브와 로즈메리 차, 토끼 담배(우리가 라벤더라고 부르는)도 종종 팔곤 했어요. 꼬마 벤저민은 고모와 마주치고 싶지 않았어요. 그래서 녀석은 전나무 뒤로 돌아가 사촌 피터 위로 굴러떨어졌지요.

피터는 혼자 있었어요. 빨간 면 손수건을 두르고 있었는데, 꽤 측은해 보였지요

"피터야, 네 옷을 대체 누가 가져간 거야?"
꼬마 벤저민이 속삭이듯 말했어요. 피터가 대답했어요.
"맥그레거 씨의 정원에 있는 허수아비가."
피터는 정원에서 쫓겨 다니다가 신발과 코트를 몽땅 두고 올 수밖에 없었던 사연을 들려주었어요.
꼬마 벤저민은 피터 옆에 앉아 맥그레거 씨가 마차를 타고 부인과 함께 나가는 걸 보고 왔다고 말했어요. 부인이 예쁜 모자를 쓰고 나갔으니 오늘 안으로 절대 돌아오지 않을 거라고 장담했지요.

피터는 비가 오면 좋겠다고 말했어요. 그때 토끼 굴에서 고모의 목소리가 들렸지요.
"코튼 테일! 코튼 테일~! 카밀러 몇 개 더 가져오렴"!
피터는 산책하면 기분이 좀 나아질 것 같다고 말했어요. 그들은 손을 잡고 숲 가장자리에 있는 담장 꼭대기로 올라갔어요. 그리고 거기서 맥그레거 씨네 정

원을 내려다보았지요. 피터의 말대로, 허수아비가 그의 코트와 신발을 입고 있었어요. 녀석은 맥그레거 씨의 모자까지 천연덕스럽게 쓰고 있었지요.
꼬마 벤저민이 말했어요.
"문 아래로 비집고 들어가면 옷이 망가질 거야. 내게 한 가지 좋은 생각이 있는데, 배나무를 타고 내려가는 거야."
피터는 머리부터 떨어졌지만 바로 아래에 있는 화단에 누군가 폭신하게 낙엽을 긁어모아 놓은 덕분에 다행히 다치진 않았어요. 그곳은 상추를 심어 놓은 밭이었어요.

벤저민과 피터는 화단 여기저기에 조그맣고 이상한 모양의 발자국을 잔뜩 남겨 놓았어요. 벤저민은 나막신을 신고 있었던 터라 특히 발자국 모양이 이상했지요.

가장 먼저 해야 할 일은 피터의 옷을 되찾아오는 일인데, 그러려면 손수건을 사용해야 한다고 꼬마 벤저민이 말했어요. 둘은 허수아비를 유심히 살펴보았지요.
지난 밤 비가 내린 터라 신발에는 물이 고여 있었고, 코트는 종잇장처럼 구겨져 있었어요. 벤저민은 모자를 머리에 써봤지만 너무 커서 맞지 않았어요.

그때 벤저민이 고모를 위한 작은 선물로 손수건에 양파를 넣어 가자고 말했어요. 그러나 피터는 그 말이 귀에 잘 들어오지 않는 듯했고, 하나도 즐거워 보이지가 않았어요. 아마도 계속해서 이상한 소리가 들렸기 때문이었을 거예요.

피터와는 달리 벤저민은 집처럼 아주 편안했어요. 여유만만하게 상춧잎도 뜯어 먹었지요.

녀석은 저녁 식사 때 먹을 상추를 뜯으러 아빠와 종종 이곳에 온다고 말했어요(꼬마 벤저민의 아빠 이름은 벤저민 버니 아저씨예요).

상추는 정말 싱싱했어요.

피터는 아무것도 먹지 않았고, 그저 빨리 집에 돌아가고 싶다고 말했어요. 마음이 초조했던 탓인지 그는 손수건에 담아 두었던 양파를 절반이나 떨어뜨렸어요.

꼬마 벤저민이 채소를 한 보따리 싸들고 배나무를 타고 집으로 돌아갈 수는 없다고 말했어요. 대담하게도 그는 정원 반대편으로 나 있는 길로 성큼성큼 걸어갔지요. 둘은 햇살이 내리쬐는 벽돌담 아래에 놓여 있는 널빤지 길을 따라 걸어갔어요.

생쥐들은 문간에 앉아 이빨로 버찌 씨를 깨뜨리고 있었는데, 꼬마 토끼 벤저민과 피터 래빗이 지나가는 걸 못 본 체해 주었어요. 얼마 지나지 않아 피터는 손수건 주머니를 또다시 놓쳐 버렸어요.

그들은 화분이랑 나무틀, 통 같은 것들이 잔뜩 쌓여 있는 곳에 다다랐어요. 거기서 피터는 어떤 소리를 들었는데, 그렇게 기분 나쁜 소리는 처음 들어보는 것 같았어요. 그의 눈은 막대사탕만큼이나 커졌지요.

사촌 벤저민보다 한두 걸음 앞서 걷던 피터는 갑자기 걸음을 딱 멈췄어요.

모퉁이를 돌자 꼬마 토끼들의 눈앞에 나타난 것은 바로 고양이였어요!
고양이를 발견한 벤저민은 피터와 함께 양파꾸러미를 들고 잽싸게 커다란 바구니 밑으로 숨었지요.

고양이는 느릿느릿 일어나 기지개를 켜더니 바구니 쪽으로 다가와 코를 킁킁거리며 냄새를 맡았어요.
녀석은 양파 냄새가 퍽 마음에 드는 모양이었는데, 아무튼 이내 바구니 위로 올라가 자리를 잡고 앉았지요.

고양이는 장장 다섯 시간 동안이나 바구니 위에 앉아 있었어요.
바구니 속이 너무 어둡고 양파 냄새가 지독해서 그 안에 있던 토끼들은 죽을 지경이었지요. 마침내 피터와 벤저민은 참고 참았던 눈물을 쏟으며 훌쩍였답니다.
어느덧 해가 뉘엿뉘엿 넘어가고, 저녁 시간이 다 되었지만 고양이는 아직도 바구니 위에 천연덕스럽게 앉아 있었어요.

그때 갑자기 후드득후드득 벽 위쪽에서 돌가루가 떨어졌어요. 고양이가 올려다보니 위쪽의 논 담장 위에 벤저민 버니 아저씨가 의기양양하게 서 있는 것이 보였어요. 아저씨는 아들 벤저민을 바라보고 있었지요.
버니 아저씨는 고양이 따위를 전혀 무서워하지 않았어요.

담장 위에서 폴짝 뛰어내리면서 녀석을 한 대 쳐서 바구니 아래로 떨어뜨린 다음, 온실 안쪽으로 걷어차면서 털을 한 움큼이나 뽑아 버렸지요. 고양이는 소스라치게 놀라 날카로운 발톱으로 할퀴어 줄 엄두도 내지 못했어요.
잠시 후 셋은 양파가 든 손수건 꾸러미를 들고 줄지어 정원을 빠져나왔어요.

벤저민 버니 아저씨는 고양이를 온실 안
으로 몰아넣고 잽싸게 문을 잠가 버렸어
요. 그런 다음 바구니가 있는 곳으로 돌
아와 아들 벤저민의 귀를 잡고 회초리로
때렸지요. 조카 피터도 회초리를 피할
순 없었어요.

삼십 분쯤 후 집에 돌아온 맥그레거 씨는
정원을 둘러보고는 무척이나 당황스러워
했어요. 왜냐하면 어떤 사람이 나막신을
신고 정원 곳곳을 돌아다닌 것 같은데, 사
람 발이라고 보기에는 터무니없이 작았기
때문이에요. 게다가 고양이 녀석은 또 어
떻게 온실에 들어가 밖에서 문을 잠그고
스스로 그 안에 갇히게 되었는지 도무지
이해할 수가 없었지요.

피터가 집으로 돌아오자 엄마는 아들이
신발과 코트를 찾은 것이 기뻐 용서해 주
었어요. 코튼테일과 피터는 함께 손수건
을 접고, 벤저민 버니 아저씨는 정원에서
가져온 양파를 허브, 토끼담배 꾸러미들
과 함께 부엌 천장에 매달아 주었어요.

sunday	monday	tuesday	wednesday
——	——	——	——
——	——	——	——
——	——	——	——
——	——	——	——
——	——	——	——

thursday	friday	saturday	memo
――	――	――	
――	――	――	
――	――	――	
――	――	――	
――	――	――	

_____
mon

_____
tue

_____
wed

_____
thu

_____
mon

_____
tue

_____
wed

_____
thu

Fri

Sat

Sun

mon

tue

wed

thu

Fri

Sat

Sun

1 2 3 4 5 6 7 8 9 10 11 12

_____
mon

_____
tue

_____
wed

_____
thu

Fri

Sat

Sun

_____
mon

_____
tue

_____
wed

_____
thu

_____
Fri

_____
Sat

_____
Sun

The Tale of the Flopsy Bunnies
플롭시의 아기 토끼 이야기

상추를 너무 많이 먹으면 졸음이 쏟아 진다고 해요. 상추를 먹고 졸렸던 적 은 한 번도 없었지만, 전 토끼가 아니 니까요.

아무튼, 플롭시의 아기 토끼들은 이 강력한 졸음 효과를 확실히 경험한 적 이 있답니다.

벤저민 버니가 자라서 그의 사촌인 플롭시와 결혼했어요. 둘은 대가족을 꾸렸는데, 아이들 모두 무척이나 명랑하고 쾌활했어요. 아이들의 이름이 일일이 기억나지는 않는데, 사람들은 '플롭시네 아기 토끼들'이라고 불렀 어요.

언제나 먹을 것이 넘치는 건 아니라서 가끔 화원을 운영하는 플롭시의 오빠 피터 래빗에 게 양배추를 얻어다 먹곤 했지요. 한데, 피터 래빗도 간혹 나눠 줄 양배추가 없을 때가 있 어요.

그럴 때면 플롭시의 가족들은 들판을 가로질러 맥그레거 씨네 정원 밖 도랑에 있는 쓰레기 더미로 가곤 했어요.

맥그레거 씨의 쓰레기 더미에는 항상 여러 가지가 마구 뒤섞여 있죠. 잼 단지, 종이 봉투, 풀 베는 기계(에서는 항상 기름 맛이 나죠)에서 나온 잘게 썰린 풀 더미와 썩어서 흐물흐물해진 호박에 오래된 부츠 한두 짝……

그러던 어느 날이었어요. '이게 무슨 횡재람!' 쓰레기 더미에 웃자란 상추가 잔뜩 쌓여 있었어요. 플롭시 네 아기 토끼들은 상추로 배를 채웠지요. 곧이어 한 마리씩 차례로 잠에 취하기 시작했고, 베어 놓은 풀더미 위로 쓰러졌어요.

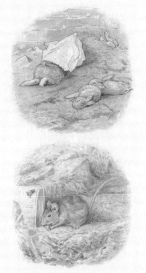

하지만 벤저민은 아기 토끼들처럼 취하지는 않았어요. 그는 잠들기 전에 파리들이 들러붙지 않게 머리에 종이봉투를 덮을 만큼 정신이 멀쩡했답니다.

아기 토끼들은 따뜻한 햇볕 아래서 기분 좋게 잠을 잤어요. 멀리 정원 너머 잔디밭에서 달그락달그락 풀 베는 기계 소리가 들려왔어요. 청파리가 벽에서 분주하게 움직였고, 자그마한 몸집의 티틀마우스 부인이 잼 단지들 사이에서 쓰레기를 뒤적이고 있었지요(티틀마우스 부인의 이름은 토마시나 티틀마우스예요. 긴 꼬리를 가진 숲쥐죠).

티틀마우스 부인이 종이봉투 바스락거리는 소리에 벤저민 버니가 잠에서 깼어요.

아줌마는 계속해서 사과하며 자신이 피터 래빗을 잘 안다고 말했어요.

티틀마우스 부인과 벤저민이 이야기 나누는 동안 벽 아래에서 묵직한 발소리가 들렸어요. 갑자기 맥그레거 씨가 나타나 베어낸 잔디 한 자루를 자고 있는 아기 토끼들 위로 쏟아 부었어요. 벤저민은 종이봉투 아래로 몸을 움츠렸고, 티틀마우스 부인은 잼 단지 속으로 재빨리 숨었어요. 아기 토끼들은 풀 더미를 뒤집어쓰고도 방긋 웃었어요. 상추의 수면 효과가 너무 강력해서 깨어나지 않았지요.

아기 토끼들은 엄마 플롭시가 건초 침대에 눕혀 주는 꿈을 꾸었어요. 맥그레거 씨가 자루를 비우고 아래를 내려다보니 베어진 풀들 사이로 삐죽 나와 있는 갈색 토끼 귀 끝이 눈에 들어왔어요.

그는 한참 동안 쳐다보았어요. 얼마 지나지 않아 파리가 날아와 토끼 귀 위에 앉자 귀가 움직였지요. 맥그레거 씨는 쓰레기 더미로 기어 내려갔어요.
"하나, 둘, 셋, 넷! 다섯! 여섯 마리 새끼 토끼라!"
그는 중얼거리며 아기 토끼들을 자루에 넣었어요. 꿈속에서 엄마가 아기 토끼들을 침대에서 안아 뒤집어 주었어요. 잠결에 꿈틀거리기는 했지만 잠에서 깨지는 않았어요. 맥그레거 씨는 자루를 묶어서 벽에 기댄 다음 풀 베는 기계를 창고에 넣어 두러 갔어요.

맥그레거 씨가 떠나고 집에서 기다리던 엄마 토끼 플롭시 버니가 들판을 지나 쓰레기 더미로 찾아왔어요. 플롭시는 다들 어디로 갔는지 궁금해하며 자루를 수상쩍다는 듯이 쳐다봤지요. 그때 잼단지에서 티틀마우스 부인이 나왔고, 벤저민도 뒤집어썼던 종이봉투를 걷어냈어요. 둘은 슬픈 표정을 지었어요.

벤저민과 플롭시는 자루를 묶은 끈을 풀 수 없어 절망에 빠졌지요. 하지만 티틀마우스 부인은 재치 있게 자루 바닥 구석에 난 구멍을 야금야금 갉았어요. 벤저민과 플롭시는 아기 토끼들을 자루에서 꺼내 꼬집어 깨웠어요. 그러고는 빈 자루에 아기 토끼들 대신 썩은 호박 세 개와 시커먼 덤불 하나, 썩은 순무 두 개를 넣었지요.

모두 수풀 아래에 숨어서 맥그레거 씨를 지켜보았어요. 맥그레거 씨는 다시 돌아와서 자루를 들고 갔어요. 아까보다 좀 더 무거워졌는지 눈에 띄게 자루가 아래로 쳐졌어요.

아기 토끼들은 멀리서 그를 따라갔어요. 맥그레거 씨가 집으로 들어갔어요. 그러자 아기 토끼들은 그가 무슨 말을 하는지 엿들으려고 창문으로 기어 올라갔지요.

맥그레거 씨는 자루를 돌바닥으로 던졌어요. 만약 자루 안에 아기 토끼들이 있었다면 얼마나 아팠을까요. 맥그레거 씨가 돌바닥에 의자를 질질 끌면서 키득거리며 말했어요.

"하나, 둘, 셋, 넷, 다섯, 여섯 마리 새끼
토끼라!"
"어? 이게 뭐야? 어디서 이렇게 썩은 냄
새가 나지?"
"하나, 둘, 셋, 넷, 다섯, 여섯 마리 살찐
새끼 토끼!"
맥그레거 씨는 자꾸만 손가락으로 숫자
를 셌어요.
"하나, 둘, 셋……."
"바보 같은 소리하지 마세요. 지금 무슨
소리를 하는 거예요. 답답한 양반 같으
니라고."
"자루 안에 말이야! 하나, 둘, 셋, 넷, 다
섯, 여섯!"
맥그레거 아저씨가 대답했어요(막내 토끼
가 창문틀로 올라갔어요).

맥그레거 부인은 자루를 잡고 안에 든 내용물을 만져 보았어요. 여섯 마리
가 만져졌지만 너무 딱딱하고 모양도 다 다른 걸 보니 아마도 늙은 토끼들
인 모양이라고 말했어요.
"먹을 순 없겠지만 가죽은 내 망토 안감으로 쓰면 되겠네요."

"망토 안감이라고?"
맥그레거 씨가 소리쳤어요.
"꿈 깨셔. 저것들을 팔아서 내 담배 살
거야! 토끼 담배! 가죽을 벗기고 머리
를 자를 거라고!"
맥그레거 부인이 끈을 풀고 자루에 손
을 집어넣었어요. 그제야 썩은 채소들
인 걸 안 부인은 너무너무 화가 났어요.
그녀는 자기 남편에게 "당신 하고 싶은
대로 하세요"라고 소리를 질렀어요.

맥그레거 씨도 머리끝까지 화가 나서
호박을 던졌어요. 그때 부엌 창문으로
날아온 썩은 호박에 막내 토끼가 맞았
는데, 무척 아팠지요.

벤저민과 플롭시는 이젠 집에 돌아가야
겠다고 생각했고, 곧 실행에 옮겼어요.

그 바람에 맥그레거 씨는 담배를 사지
못했고, 부인도 토끼 가죽을 갖지 못했
지요. 하지만 토마시나 티틀마우스 부
인은 크리스마스에 망토랑 모자, 멋진
방한용 토시에 따뜻한 벙어리장갑까지
만들 수 있을 만큼 많은 토끼털을 선물
로 받게 되었어요.

1 2 3 4 5 6 7 8 9 10 11 12

sunday	monday	tuesday	wednesday
___	___	___	___
___	___	___	___
___	___	___	___
___	___	___	___
___	___	___	___

thursday	friday	saturday	memo
——	——	——	
——	——	——	
——	——	——	
——	——	——	
——	——	——	

1 2 3 4 5 6 7 8 9 10 11 12

_____
mon

_____
tue

_____
wed

_____
thu

Fri

Sat

Sun

_____
mon

_____
tue

_____
wed

_____
thu

Fri

Sat

Sun

1 2 3 4 5 6 7 8 9 10 11 12

———
mon

———
tue

———
wed

———
thu

_____
Fri

_____
Sat

_____
Sun

1 2 3 4 5 6 7 8 9 10 11 12

___
mon

___
tue

___
wed

___
thu

Fri

Sat

Sun

mon

tue

wed

thu

Fri

Sat

Sun

The Story of a Fierce Bad Rabbit
사납고 나쁜 토끼 이야기

여기 사납고 고약한 토끼가 있어요. 멋지
게 난 수염과 발톱, 위로 바짝 솟은 꼬리
좀 보세요.

이 토끼는 다정하고 온순하답니다.
엄마 토끼가 다정하고 온순한 토끼에게 당근
을 주었지요.

나쁜 토끼는 당근이 먹고 싶었어요. 녀석
은 좀 나눠 달라고 정중하게 부탁하지도
않고 착한 토끼의 당근을 빼앗았지요. 더
구나 착한 토끼의 얼굴을 마구 할퀴어 놓
기까지 했답니다.

그때 총을 든 사냥꾼이 나타났어요. 착한
토끼는 살금살금 달아나 굴속에 숨었는데,
무척이나 속이 상했지요.

사냥꾼은 벤치에 뭔가가 앉아 있는 걸 발
견했어요. 그는 아주 우스꽝스럽게 생긴
새가 틀림없다고 생각했지요. 사냥꾼은 나
무 뒤로 몸을 숨기며 살금살금 벤치 쪽으
로 다가갔어요.
그러고는 '빵'하고 총을 쐈어요.

나쁜 토끼는 총소리에 혼비백산이 되었지요.

그런데 사냥꾼이 총을 들고 서둘러 달려
갔더니 벤치 위에는 당근과 꼬리, 수염만
덩그러니 놓여 있었어요.
굴 안에 있던 착한 토끼는 빼꼼히 얼굴을
내밀고 밖을 내다봤지요. 꼬리와 수염을
잃어버린 나쁜 토끼가 혼비백산하여 어디
론가 정신없이 도망가고 있었어요.

59

1 2 3 4 5 6 7 8 9 10 11 12

sunday	*monday*	*tuesday*	*wednesday*
—	—	—	—
—	—	—	—
—	—	—	—
—	—	—	—
—	—	—	—

thursday	friday	saturday	memo
———	———	———	
———	———	———	
———	———	———	
———	———	———	
———	———	———	

_____
mon

_____
tue

_____
wed

_____
thu

___
Fri

___
Sat

___
Sun

_____
mon

_____
tue

_____
wed

_____
thu

_____
Fri

_____
Sat

_____
Sun

_____
mon

_____
tue

_____
wed

_____
thu

Fri

Sat

Sun

1 2 3 4 5 6 7 8 9 10 11 12

_____
mon

_____
tue

_____
wed

_____
thu

_____
Fri

_____
Sat

_____
Sun

mon

tue

wed

thu

Fri

Sat

Sun

The Tale of Jemima Puddle-Duck

제미마 퍼들덕 이야기

암탉과 오리 새끼들이 함께 있는 꼴이라니!
주인아주머니가 자신의 알을 품지 못하게 해
서 짜증이 난 제미마 퍼들 덕의 이야기예요.
제미마의 새언니 레베카 퍼들 덕은 부화지를
다른 동물에게 맡기고 떠나지 않을 이유가
전혀 없었어요.

"나는 온종일 둥지에 앉아 있는 건 견딜 수가 없어. 너는 품을 알도 없잖아,
제미마. 넌 보나 마나 알들이 차갑게 식어 가게 내버려 둘 거야. 네가 그럴
거라는 걸 너도 알지?"
"나는 내 알들을 부화시키고 싶어. 내 힘으로
부화시킬 거야." 제미마 퍼들 덕이 외쳤어요.
제미마는 자기 알을 숨겼지만, 농장 주인은
언제나 알을 귀신같이 찾아내서 가져가곤 했
답니다.
제미마 퍼들 덕은 절망스러웠어요. 그래서
그녀는 최대한 농장에서 먼 곳에 둥지를 틀
기로 마음먹었지요.

어느 화창한 봄날, 제미마는 집을 나섰고, 산 너머로 이어지는 울퉁불퉁한 길을 따라 걸어갔어요. 그녀는 숄을 걸치고 챙이 넓은 모자를 썼지요.
제미마가 언덕 꼭대기에 다다랐을 때 저 멀리 숲이 보였어요. 안전하고 조용해 보이는 곳이었답니다.

제미마 퍼들 덕은 날아 본 적이 거의 없어서 숄을 휘날리며 내리막길을 신나게 달리다가 마침내 공중으로 날아올랐어요. 제미마는 멋지게 날아올라 아름다운 비행을 했지요. 나무들과 덤불이 시야에서 사라지고 숲 한가운데에 탁 트인 장소를 발견할 때까지 나무 위를 스치듯 날았어요.

제미마는 조금 둔하게 착지했고, 뒤뚱거리며 둥지를 틀 만한 최대한 편안하고 습기가 없는 마른자리를 찾아다녔어요. 그녀는 키 큰 식물들 사이에 있는 나무 그루터기에 온통 마음이 끌렸지요.
그러다가 근사하게 옷을 입은 한 신사가 그루터기에 앉아 신문을 읽는 모습을 보고 제미마는 깜짝 놀랐답니다. 그 신사의 귀는 쫑긋 서 있고, 수염은 옅은 갈색이었어요.
"꽥?"
제미마 퍼들 덕은 머리와 모자를 한 방향으로 기울이며 소리를 질렀어요.
"꽥?"
그 신사는 신문에서 눈을 들어 신기한 듯 제미마를 쳐다보았지요.
"부인, 길을 잃어버렸나요?"
신사는 복슬복슬한 꼬리를 갖고 있었어요.

그루터기가 약간 축축해서 그는 꼬리를 깔고 앉아 있었지요.

제미마는 그 신사가 잘 생긴 데다 무척 친절하다고 생각했답니다. 그녀는 길을 잃은 것이 아니라 둥지를 틀 편안하고 마른자리를 찾고 있다고 이야기했어요.

"아! 그러세요? 이런!"

그 신사는 갈색 수염을 움직이며 호기심에 찬 눈빛으로 제미마를 보며 말했어요. 그는 신문을 접어 웃옷 뒷자락 주머니에 넣었어요.

제미마는 쓸데없이 암탉에 대해 불만을 토로했어요.

"이런! 정말 흥미롭군요! 제가 직접 그 닭을 만나 자기 일이나 신경 쓰라고 가르쳐 주고 싶네요!

"하지만 둥지 문제는 아무 걱정하지 마세요. 제 장작 창고에 깃털이 한 자루 있어요. 부인에게 누구도 뭐라 하지 않을 테니 지내고 싶은 만큼 거기서 편히 지내다 가세요."

복슬복슬한 꼬리가 달린 신사가 말했어요.

신사는 키가 높은 식물들 사이에 있는 후미지고 음산해 보이는 집으로 안내했어요. 집은 나무와 잔디로 지어졌고, 굴뚝 위치에 부서진 통이 두 개 쌓여 있었지요.

"저는 여름에만 여기서 지내는데, 따로 겨울에 지낼 집을 찾지 않아도 될 만큼 아주 편안한 곳이랍니다."

친절한 신사가 말했어요.

집 뒤에는 낡은 비누 상자로 만든 다 허물어져 가는 헛간이 있었어요. 신사는 문을 열고 제미마를 그 안으로 안내했어요.

헛간은 아주 조용했고, 숨이 막힐 만큼 많은 깃털로 가득 차 있었어요. 하지만 아주 부드럽고 편안했지요.

제미마 퍼들 덕은 어마어마한 양의 깃털을 보고 깜짝 놀랐어요. 하지만 너무 편해서 별 거부감 없이 그곳에 둥지를 틀었답니다.

제미마가 나왔을 때 갈색 수염의 그 신사는 통나무에 앉아 신문을 읽고 있었어요. 아니, 사실 신문을 펼치고는 있었지만 전혀 읽고 있진 않았어요. 그저 그는 신문지 너머를 유심히 관찰하고 있었지요.

그는 아주 예의가 밝아서 제미마가 밤에 집으로 돌아가는 걸 안타까워하는 것 같았어요. 그는 제미마가 다음 날 다시 돌아올 때까지 둥지를 잘 돌봐주겠다고 약속했답니다.

그 신사는 자신이 알과 새끼오리들을 너무 사랑하기 때문에 자신의 장작 창고에 알이 가득한 훌륭한 새 둥우리가 있는 걸 자랑스럽게 여긴다고 말하기도 했어요.

제미마 퍼들 덕은 매일 오후에 창고에 왔어요. 그녀는 모두 아홉 개의 알을 낳았어요. 알들은 푸르스름한 빛이 도는 흰색에 아주 컸답니다. 여우 신사는 입에 침이 마르도록 알들을 칭찬했어요. 그는 제미마가 없는 동안 알을 뒤집으며 세어 보았어요. 제미마는 내일부터 계속 알을 품고 있을 거라고 신사에게 말했지요.

"옥수수를 한 자루 가져와서 알들이 부화할 때까지 둥지를 떠나지 않을 거예요. 자칫 알들이 감기에 걸릴지도 모르니까요."
성실한 제미마가 말했어요.
"부인, 옥수수 자루를 직접 들고 오는 수고를 하지 않으셨으면 좋겠네요. 제가 귀리를 드릴게요. 지루한 알 품기를 시작하기 전에 제가 뭔가 좋은 걸 대접해 드리고 싶은데요. 뭐가 좋을까? 그렇지! 우리 둘이서 디너 파티를 합시다!"

"짭조름한 오믈렛을 만들려고 하는데, 농장 정원에서 허브를 좀 가져오실 수 있나요? 세이지와 타임, 민트와 양파 두 개, 그리고 파슬리 조금이면 됩니다. 오믈렛 재료로는 돼지기름을 쓸 거예요."

갈색 수염을 멋지게 기른 신사가 말했어요. 제미마 퍼들 덕은 완전 숙맥이었답니다. 그녀는 세이지와 양파라는 소리를 듣고도 아무런 의심을 하지 않았지요.

제미마는 농장 정원을 두루 돌며 오리 구이 속에 넣을 여러 가지 허브들을 조금씩 뜯었어요. 그러고는 뒤뚱거리며 부엌으로 들어가 바구니에서 양파를 두 개 꺼냈어요. 그런 다음 밖으로 나오는 길에 양을 치는 개 켑과 마주쳤지요.

"양파는 어디에 쓰려고? 매일 오후에 혼자서 어딜 가는 거야, 제미마 퍼들 덕?"

제미마는 평소 켑을 존경했기 때문에 그 동안에 있었던 일을 모두 이야기해 주었어요. 똑똑한 켑은 그 이야기를 듣고, 제미마가 갈색 수염을 멋지게 기른 친절한 신사의 외모를 설명할 때 빙긋 웃었답니다. 켑은 숲과 신사가 사는 집과 장작 창고에 대해 몇 가지를 더 물어보았어요. 그러고는 밖으로 나가 마을로 뛰어갔지요. 켑은 정육점 주인을 따라 산책을 나온 여우 사냥 전문 개 폭스하운드를 찾아갔어요.

화창한 오후, 제미마 퍼들 덕은 마지막으로 울퉁불퉁한 길을 걸어 올라갔답니다. 허브 다발과 양파가 두 개나 든 가방을 들고 있어 상당히 무거웠지요. 제미마는 훨훨 날아서 숲을 지난 다음 복슬복슬한 긴 꼬리 신사의 집 건너편에 내려앉았어요.

여우 신사는 통나무에 앉아 있었어요. 단서를 잡으려는 듯 안절부절못하며 숲 속 주변을 살피고 있었지요.

제미마가 내려앉자 그는 벌떡 일어났어요.

"알들을 살펴보고 얼른 집으로 오세요. 오믈렛을 만들 허브는 제게 주시고요. 얼른 오세요!"

신사는 평소답지 않게 조금 허둥거렸어요.

제미마 퍼들 덕은 이제까지 그 신사가 그런 식으로 말하는 걸 들어본 적이 없었답니다. 그래서 그녀는 속으로 조금 놀랐고, 왠지 기분이 꺼림칙했어요.

제미마가 안에 있는 동안 창고 뒤쪽에서 발소리가 들렸어요. 까만 코의 누군가가 문 아래로 냄새를 맡더니 문을 잠가 버렸지요.

그녀는 깜짝 놀라 어쩔 줄을 몰랐어요. 잠시 후 끔찍한 소리가 들렸답니다. 짖는 소리, 으르렁거리는 소리, 울부짖는 소리, 비명 소리에 신음소리도 들렸지요.

이후 수염 난 여우 신사를 다시는 볼 수 없었어요. 얼마 지나지 않아 켑이 창고 문을 열어 주었고, 제미마는 밖으로 나왔어요.

유감스럽게도 개들은 켑이 말리기도 전에 창고 안으로 뛰어들어가 알들을 모조리 먹어치워 버렸답니다. 켑은 귀를 물렸고, 폭스하운드 개들도 다리를 절뚝거렸어요.

제미마 퍼들 덕은 개들의 호위를 받으며 집으로 돌아왔어요. 제미마는 잃어버린 알들을 생각하며 눈물을 흘렸지요.

제미마는 6월 말께가 되어서야 비로소 자신의 알들을 품을 수 있었어요. 하지만 그중 네 마리만 부화했지요.

제미마 퍼들 덕은 긴장한 탓이라고 말했지만, 사실 그녀는 항상 형편없는 보모였답니다.

1 2 3 4 5 6 7 8 9 10 11 12

sunday	monday	tuesday	wednesday
――	――	――	――
――	――	――	――
――	――	――	――
――	――	――	――
――	――	――	――

thursday	*friday*	*saturday*	*memo*

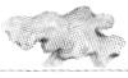

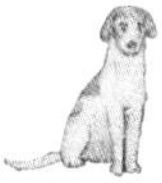

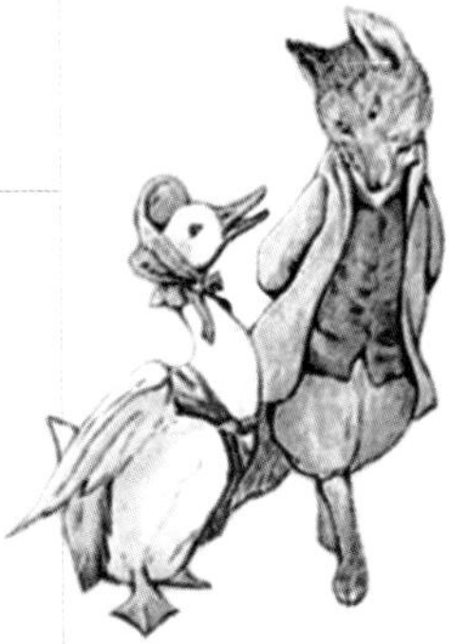

_____
mon

_____
tue

_____
wed

_____
thu

_____
mon

_____
tue

_____
wed

_____
thu

Fri

Sat

Sun

1 2 3 4 5 6 7 8 9 10 11 12

_____
mon

_____
tue

_____
wed

_____
thu

___
Fri

___
Sat

___
Sun

1 2 3 4 5 6 7 8 9 10 11 12

_____
mon

_____
tue

_____
wed

_____
thu

---

mon

tue

wed

thu

Fri

Sat

Sun

The Story of Miss Moppet

미스 모펫 이야기

이 고양이는 미스 모펫이에요. 미스 모펫은 생쥐 소리를 들은 것 같았어요.

생쥐는 찬장 뒤에서 내다보며 미스 모펫을 잔뜩 약 올리고 있었지요. 생쥐는 아기 고양이가 하나도 무섭지 않은 모양이에요.

미스 모펫은 잽싸게 달려가 생쥐를 잡으려 했지만 한 발 늦는 바람에 생쥐를 놓치고 찬장에 머리를 박았지요. 미스 모펫은 찬장이 굉장히 딱딱하다고 생각했어요.

생쥐는 찬장 위에서 미스 모펫을 빤히 내려다보았어요. 미스 모펫은 머리에 먼지닦이용 걸레를 뒤집어쓰고 불 앞에 앉아 있었지요. 생쥐는 그녀가 많이 아픈 모양이라고 생각했어요.

녀석은 종에 달린 줄을 타고 살금살금 아래로 내려갔지요.

미스 모펫의 상태가 점점 더 안 좋아 보였어요. 생쥐는 용기를 내 좀 더 가까이 다가갔지요.

미스 모펫은 앞발로 엉망이 된 머리를 붙잡고 걸레에 난 구멍을 통해 주위를 둘러봤어요. 생쥐는 미스 모펫 곁에 아주 가까이 다가와 있었지요.

그때 미스 모펫이 잽싸게 생쥐에게 달려들어 붙잡았어요. 생쥐가 겁도 없이 자신을 놀렸으니 이젠 자기가 녀석을 놀려 줄 차례라고 미스 모펫은 생각했답니다.

미스 모펫은 착한 고양이가 아니었거든요.

모펫은 생쥐를 걸레 속에 넣고 꽁꽁 묶어 공처럼 만든 다음 던지고 놀았어요. 그런데 그녀는 걸레에 큼지막한 구멍이 뚫려 있던 걸 깜빡했어요.

아차 싶어 서둘러 걸레를 풀어 보니 생쥐 녀석은 온데간데없이 사라져 버리고 없었지요. 생쥐는 어느새 구멍 사이로 빠져나가 찬장 위에서 신나게 춤을 추고 있었답니다.

sunday	monday	tuesday	wednesday
——	——	——	——
——	——	——	——
——	——	——	——
——	——	——	——
——	——	——	——

_____   _____   _____

_____   _____   _____

_____   _____   _____

_____   _____   _____

_____   _____   _____

_____
mon

_____
tue

_____
wed

_____
thu

Fri

Sat

Sun

1 2 3 4 5 6 7 8 9 10 11 12

_____
mon

_____
tue

_____
wed

_____
thu

Fri

Sat

Sun

———
mon

———
tue

———
wed

———
thu

Fri

Sat

Sun

1 2 3 4 5 6 7 8 9 10 11 12

mon

tue

wed

thu

Fri

Sat

Sun

_____
mon

_____
tue

_____
wed

_____
thu

―――――
Fri

―――――
Sat

―――――
Sun

제레미 피셔 이야기

옛날에 제레미 피셔라는 개구리가 연못 가장자리
미나리아재비 꽃들 사이에 있는 작고 눅눅한
집에 살았어요. 음식 창고며 피셔가 앉는 자
리마다 질척질척 물바다가 되곤 했지요.

하지만 피셔는 발이 젖는 것을 무척이나
좋아했어요. 그런다고 뭐라 하는 사람이
없었고, 절대로 감기 따위에 걸리는 일도
없었으니까요.

제레미는 창문을 열고 굵은 빗방울이 연못에
투두둑 떨어지는 모습을 바라보는 걸 좋아했어요.

'벌레를 가지고 낚시를 가서 저녁거리로 피라미를
잡아야겠군.'

'다섯 마리 이상 잡으면 앨더만 프톨레미 거북
이 아저씨와 아이작 뉴턴 경을 초대해야지. 앨
더만 아저씨는 샐러드만 먹겠지만 말이야.'

제레미는 우비를 입고, 장화를 신고, 낚싯대와
바구니를 가지고 자신의 보트를 보관해 놓은 곳으

로 폴짝폴짝 뛰어갔어요.

보트는 초록색에 동글동글한 연잎 모양이
었어요. 배는 연못 한가운데 수초에 묶여
있었지요. 제레미는 기다란 갈대 줄기로
보트를 밀며 넓은 곳으로 갔답니다.

'피라미가 잘 잡히는 곳이 어딘지 내가 알
지.' 제레미 피셔가 말했어요.

제레미는 진흙에 갈대 줄기를 박아 보트를 고
정시켰어요. 그러고는 양반다리를 하고 앉아
서 낚시 도구를 꺼내 낚시를 준비했어요.
작고 빨간 찌는 제레미 피셔가 가장 좋아
하는 도구였지요.

낚싯대는 단단한 풀줄기였고, 낚싯줄은
백마의 말총이었답니다. 제레미는 꿈틀거
리는 작은 벌레를 낚싯줄 끝에 묶었어요.

제레미 피셔의 등으로 빗방울이 떨어졌고, 한
시간이 다 되도록 그는 멍하니 찌를 바라보고
있었지요.

'슬슬 지겨워지는데 점심이나 먹어야겠다.'
제레미 피셔는 다시 수초가 있는 곳으로 배
를 타고 돌아가 바구니에서 점심을 꺼냈
어요.

'점심으로 나비 샌드위치를 먹고, 비가
그칠 때까지 기다려야겠어.'
엄청나게 커다란 물벌레가 연잎 아래
에 나타나 장화를 신고 있는 발을 잡아
당겼어요. 제레미는 꼰 다리를 살짝 들어
벌레를 피한 뒤 계속해서 샌드위치를 먹었
지요.

연못 옆쪽 풀숲에서 바스락거리고 첨벙거리는
소리와 함께 무언가 움직였어요.
'쥐는 아닌 거 같지만 그래도 서둘러 여기
를 떠나는 게 좋겠어.'
제레미 피셔는 다시 보트를 밀어 조금 움
직인 다음 미끼를 떨어뜨렸어요. 그러나 뭔
가가 곧바로 미끼를 물었고, 찌가 엄청 요란
하게 까딱거렸지요.

"피라미다! 피라미! 겨우 잡았네!"
제레미 피셔가 소리치며 낚싯대를 끌어올렸
어요.
세상에나! 제레미 피셔는 소스라치게 놀
랐답니다. 그가 잡아 올린 건 매끈하고
통통한 피라미가 아니라 온몸이 가시로
뒤덮인 잭 샤프라는 가시고기였거든요!
가시고기는 보트 위에서 펄떡거리며 거
의 숨이 넘어갈 때까지 제레미를 찌르고
물다가 물속으로 뛰어들었어요.
이 광경을 목격한 다른 물고기 떼가 물 밖으로
고개를 내밀고는 제레미 피셔를 비웃었지요.

제레미 피셔가 참담한 심정으로 보트 끝에 앉
아 아픈 손가락을 빨며 물 아래를 내려다
보는 사이에 더 끔찍한 일이 일어났어요.
만약 그가 우비를 입고 있지 않았다면
정말 끔찍한 일이 벌어졌을 거예요.
'후두두둑! 철퍼덕!'
어마어마하게 크고 힘이 센 송어가 물보
라를 일으키며 올라와서는 제레미 피셔를
덥석 물었던 거예요.

"악! 아야! 아야!"

그러고는 몸을 돌려 첨벙 하고 물속으로 뛰어들어 연못 바닥을 향해 헤엄쳐 내려갔어요.

송어는 우비가 맛이 하나도 없어 기분이 언짢아졌답니다. 그래서 바로 뱉어 버렸지요. 하지만 장화는 그런대로 먹을 만했는지 꿀꺽 삼켰어요.

마치 탄산수 병에서 뚜껑과 거품이 터져 나오듯
제레미 피셔는 물 위로 펄쩍 튀어 올라 있는
힘껏 연못 가장자리를 향해 헤엄쳤어요.
제레미 피셔는 강둑으로 가까스로 기어 나
와 너덜너덜해진 우비 바람으로 풀밭을 가
로질러 집을 향해 폴짝폴짝 뛰어갔어요.
'포악한 강꼬치고기가 아니었던 게 천만다행
이었어! 비록 낚싯대랑 바구니는 잃어버렸지만
그까짓 것 상관없어. 다시는 낚시 따윈 안 할 거
니까!'

제레미 피셔가 혼잣말로 중얼거렸어요.

제레미 피셔는 손가락에 반창고를 붙였고,
친구들이 저녁을 먹으러 집으로 찾아왔어
요. 제레미는 친구들에게 생선을 대접할
수는 없었지만, 그의 창고에는 다른 음
식들이 있었어요.

아이작 뉴턴 경은 검정색과 금색이 어우
러진 조끼를 입고 있었고, 앨더만 프톨레
미 거북 아저씨는 망태기에 샐러드를 잔뜩
담아 가지고 왔지요. 근사한 피라미 요리 대신 무
당벌레 소스를 얹은 귀뚜라미 구이를 먹었어요.

제레미 피셔는 훌륭한 대접이라고 생각했겠지만 친구들에게는 아마 형편
없는 음식이었을 거예요.

sunday	monday	tuesday	wednesday
—	—	—	—
—	—	—	—
—	—	—	—
—	—	—	—
—	—	—	—

thursday	friday	saturday	memo
——	——	——	
——	——	——	
——	——	——	
——	——	——	
——	——	——	

1 2 3 4 5 6 7 8 9 10 11 12

———
mon

———
tue

———
wed

———
thu

Fri

Sat

Sun

_____
mon

_____
tue

_____
wed

_____
thu

Fri

Sat

Sun

mon

tue

wed

thu

Fri

Sat

Sun

1 2 3 4 5 6 7 8 9 10 11 12

_____
mon

_____
tue

_____
wed

_____
thu

Fri

Sat

Sun

1 2 3 4 5 6 7 8 9 10 11 12

___
mon

___
tue

___
wed

___
thu

Fri

Sat

Sun

톰 키튼 이야기

옛날에 미튼, 톰 키튼, 모펫이라는 이름
을 가진 아기 고양이 세 마리가 살았어
요. 그들은 사랑스러운 털 코트를 갖고
있었는데, 그걸 입고 문간에서 굴러 떨어
지고 먼지 속에서 뒹굴며 놀았지요.
그런데 어느 날, 엄마 타비사 트윗칫 부인
은 친구들이 차를 마시러 오기로 해서 그
전에 아기 고양이들을 집 안으로 데려온
다음 온몸을 씻기고 옷도 갈아입혔어요.

먼저 얼굴을 문질러 씻었어요.
(이번에는 모펫)
그다음엔 털을 빗겨 주었지요.
(이번에는 미튼)
그러고는 꼬리와 수염도 빗겨 주었어
요. 톰은 못 말리는 말썽꾸러기라 엄마
를 할퀴었어요.
타비사 부인은 모펫과 미튼에게 깨끗한

원피스와 나들이옷을 입히고, 아들 토마스에게 입히려고 서랍에 있는 고상하고 불편한 옷을 죄다 꺼내 놓았어요.

톰 키튼은 통통한데 그새 키가 많이 자라서 단추 몇 개가 터져 버렸어요. 그래서 엄마가 다시 단추를 달아 주었지요.

아기 고양이 삼 남매가 준비를 마쳤을 때 타비사 부인은 버터 바른 토스트를 만드는 동안 방해받지 않으려고 어리석게도 정원으로 아이들을 내보냈답니다.

"드레스 더럽히지 말고 놀아라! 뒷다리로만 걸어 다니고, 재 구멍은 근처에도 가지 말고! 샐리 헤니 페니나 돼지 스타이랑 퍼들 덕한테 가까이 가면 절대 안 돼!"

모펫과 미튼은 정원 길을 휘청거리며 걸어 다녔어요. 머지않아 원피스를 밟고 코가 바닥에 닿도록 넘어졌지요.

다시 일어나 보니 원피스 여기저기에 초록색 얼룩이 묻어 있었지요!

"우리 바위 타고 올라가서 정원 담에 앉자."

모펫이 말했어요.

둘은 원피스를 앞뒤로 뒤집어 입고 껑충껑충 뛰어 올라갔어요. 그 바람에 모펫의 하얀색 나들이옷이 길에 떨어졌지요.

톰 키튼은 바지를 입고 뒷다리로만 걸으니 뛸 수가 없었어요. 톰은 고사리를 뜯으며 바위 위로 올라가다가 사방으로 단추가 떨어져 나갔지요.

정원 담 꼭대기에 올랐을 때는 옷이 너덜너덜해졌답니다.

모펫과 미튼은 힘을 합쳐 톰을 끌어당겼지요. 그 바람에 톰의 모자는 떨어지고 나머지 단추들도 다 떨어졌답니다.

삼 남매가 곤경에 처해 있을 때 오리 세 마리가 세로로 줄을 지어 발맞춰 걸어갔어요.

하나! 둘! 뒤뚱뒤뚱! 하나! 둘! 뒤뚱뒤뚱! 오리들은 한 줄로 서서 아기 고양이들을 올려다보았어요. 오리들은 아주 작은 눈으로 놀란 듯 처다봤지요.

그중 오리 두 마리, 즉 레베카와 제미마 퍼들 덕이 각각 모자를 집어 쓰고 나들이옷을 입었어요.

그 광경을 보고 미튼이 큰 소리로 웃다가 담 아래로 떨어졌어요. 모펫과 톰은 미튼을 뒤따라 내려왔어요. 원피스와 톰이 입었던 나머지 옷들도 전부 바닥으로 떨어졌어요.

"이리 와요, 드레이크 퍼들 덕 아저씨. 와서 우리 옷 입는 것 좀 도와주세요. 얼른 와서 옷 입어 톰!"

모펫이 말했어요.

드레이크 퍼들 덕 아저씨는 천천히 옆으로 가더니 옷가지들을 집어 들었어요. 그러더니 새끼 고양이들에게 돌려주지 않고 자기가 입었어요. 톰이 입었을 때보다도 훨씬 형편없는 모습이었지요.

"좋은 아침이야!"

드레이크 퍼들 덕 아저씨가 말했어요. 그러고는 드레이크 아저씨와 제미마, 레베카 퍼들 덕은 발맞춰 달리기 시작했지요. 하나! 둘! 뒤뚱뒤뚱! 하나! 둘! 뒤뚱뒤뚱!

그때 타비사 트윗칫 부인이 정원으로 나와 옷을 홀딱 벗은 채 담 위에 앉아 있는 아기 고양이들을 발견했어요.
부인은 담장에서 아기 고양이들을 끌어내려 찰싹 때려주고 집으로 들여보냈지요.

"이제 곧 친구들이 도착할 텐데, 너희들은 만나지 않는 게 좋겠구나. 이거 원 창피해서."
타비사 부인이 말했어요.
부인은 아이들을 방으로 올려 보내고 친구들에게는 홍역에 걸려 누워 있다고 거짓말을 했어요. 하지만 엄마의 말과는 정반대로 삼 남매는 침대에 잠시도 누워 있지 않았어요. 그 바람에 온화하고 품위 있는 티파티를 방해하는 아주 이상한 소리가 머리 위에서 계속 들렸어요.

오리들은 연못으로 갔어요. 단추가 없어서 옷은 이내 홀딱 벗겨졌지요.
드레이크 퍼들 덕 아저씨와 제미마, 레베카는 그 이후로 줄곧 그 옷들을 찾고 있다고 해요.

1 2 3 4 5 6 7 8 9 10 11 12

sunday	monday	tuesday	wednesday
——	——	——	——
——	——	——	——
——	——	——	——
——	——	——	——
——	——	——	——

thursday	friday	saturday	memo
___	___	___	
___	___	___	
___	___	___	
___	___	___	
___	___	___	

1 2 3 4 5 6 7 8 9 10 11 12

_____

mon

_____

tue

_____

wed

_____

thu

Fri

Sat

Sun

1 2 3 4 5 6 7 8 9 10 11 12

_____
mon

_____
tue

_____
wed

_____
thu

_____
Fri

_____
Sat

_____
Sun

1 2 3 4 5 6 7 8 9 10 11 12

___
mon

___
tue

___
wed

___
thu

Fri

Sat

Sun

1 2 3 4 5 6 7 8 9 10 11 12

_____
mon

_____
tue

_____
wed

_____
thu

_____
Fri

_____
Sat

_____
Sun

_____
mon

_____
tue

_____
wed

_____
thu

Fri

Sat

Sun

다람쥐 넛킨 이야기

이 이야기는 '꼬리'에 대한 이야기예요. 넛킨이라는 꼬마 붉은 날다람쥐의 꼬리에 대한 이야기죠.

넛킨에게는 트윙클베리라는 남동생과 여러 사촌이 있는데, 모두 숲 속 호숫가에 살고 있었어요.

호수 한가운데에 나무들이 자라고 도토리 열매가 열리는 덤불로 뒤덮인 섬이 있었어요.

그 나무 중 속이 빈 떡갈나무가 한 그루 있는

데, 그곳에는 브라운 할아버지라는 부엉이가 살고 있었지요.

도토리가 익어 가고 헤이즐 덤불의 잎사귀가 황금색과 녹색으로 변해 가는 어느 가을날, 넛킨과 트윙클베리와 모든 꼬마 다람쥐들이 숲에서 나와 호숫가로 향했어요.

다람쥐들은 나뭇가지로 조그만 뗏목을 만들고 노를 저어 부엉이가 사는 섬으로 도토리를 주우러 갔지요.

다람쥐들은 각각 자루를 하나씩 메고 노를
하나씩 들고 꼬리를 활짝 펼쳐 뗏목의 돛으
로 사용했어요.

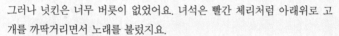

다람쥐들은 감사의 표시로 브라운 할아버지
께 선물로 드릴 통통한 생쥐 세 마리를 챙겨
가서는 문 앞에 가져다 놓았어요.

그러고는 트윙클베리와 다른 다람쥐들 모두
머리를 깊이 숙여 깍듯이 인사했지요.

"브라운 할아버지, 이 섬에서 도토리를 가져
갈 수 있도록 허락해 주시겠어요?"

그러나 넛킨은 너무 버릇이 없었어요. 녀석은 빨간 체리처럼 아래위로 고
개를 까딱거리면서 노래를 불렀지요.

"맞혀 봐, 수수께끼를 맞혀 봐, 로또또!
빨갛고 빨간 코트를 입은 작고 작은 남자가 있어!
손에는 나뭇가지, 목구멍에는 돌멩이가 있지.
이 문제를 맞히면 내가 은화를 줄게."

이 문제는 저 산만큼이나 오래된 것이었어요. 브라운 할아버지는 넛킨이 하
는 말에 전혀 신경 쓰지 않았지요. 그는 눈을 감고 그대로 잠들어 버렸어요.

다람쥐들은 자루마다 도토리를 가득 채우고
저녁에 뗏목을 타고 집으로 돌아갔어요.

다음 날 아침 다람쥐들은 다시 부엉이 섬에
왔고, 트윙클베리와 다람쥐들은 통통하게 살
찐 두더지를 한 마리 가져와 브라운 할아버
지의 집 앞 돌 위에 올려놓았어요.

"자애로운 브라운 할아버지, 도토리를 좀 더
가져갈 수 있도록 허락해 주시겠어요?"

하지만 버르장머리 없는 넛킨은 여전히 까불
거리며 춤을 추고 쐐기풀로 브라운 할아버지를 간질이며 노래를 부르기 시
작했어요.

"브라운 영감, 수수께끼를 맞혀 봐.

벽 속에 있는 히티피티.
벽이 없는 히티피티. 히티피티를 만지는 히티
피티가 너를 물 거야!"
브라운 할아버지는 갑자기 일어나 두더지를
가지고 집 안으로 들어가 버렸어요.
할아버지는 넛킨의 얼굴 바로 앞에서 문을
쾅 닫았어요. 얼마 지나지 않아 장작불에서
피어오른 푸른색 연기가 나무 꼭대기를 향해
올라갔지요. 넛킨은 열쇠구멍으로 안을 들여
다보며 노래를 불렀답니다.
"연기가 집 안에 가득 찼어!
연기가 구멍에 가득 찼어!
하지만 그릇은 가득 채우지 못하지!"

다람쥐들은 섬 전체를 돌아다니며 도토리
를 주워 가져온 자루에 담았어요.
하지만 넛킨은 노랗고 빨간 참나무 옹이
를 모아 너도밤나무 그루터기에 앉아 구
슬치기를 하며 브라운 할아버지네 문을
쳐다보고 있었지요.
셋째 날, 다람쥐들은 아침 일찍 일어나 낚
시를 하러 가서 브라운 할아버지께 선물
로 드릴 통통하게 살이 오른 피라미 일곱 마리를 잡았지요.
다람쥐들은 노를 저어 호수를 건너가 부엉이 섬 구부러진 밤나무 아래에
뗏목을 댔어요.
트윙클베리와 다람쥐 여섯 마리는 살이 오른 피라미를 한 마리씩 옮겼어
요. 하지만 버르장머리 없는 넛킨은 할아버지께 드릴 선물을 아무것도 가
져오지 않았지요. 그러고는 앞으로 달려 나가 노래를 불렀답니다.
"황야에 있는 남자가 내게 말했네.
'바다에는 얼마나 많은 딸기가 자랄까?'
내가 재치 있게 답했지.

'숲에서 자라는 붉은 청어만큼이나 많겠지.'"
하지만 브라운 할아버지는 수수께끼에 전혀 관심이 없었어요. 답을 알려줘
도 관심이 없기는 마찬가지였지요.
넷째 날, 다람쥐들은 통통한 딱정벌레 여섯 마리를 가져갔어요. 딱정벌레
는 자두 푸딩 속 자두만큼이나 브라운 할아버지가 좋아하는 음식이지요.
다람쥐들은 한 마리씩 나뭇잎으로 조심스럽게 싼 다음 솔잎으로 묶었어요.
하지만 넛킨은 이번에도 변함없이 무례하게 노래를 불렀어요.
"브라운 영감, 수수께끼를 맞혀 봐.
영국의 밀가루와 스페인의 과일이 빗속에서 만났지.
가방에 넣고 끈으로 묶었지.
이걸 맞추면 내가 반지를 줄게!"
넛킨은 반지도 없으면서 반지를 주겠다고 했어요.
참 어처구니없는 일이었지요.

다른 다람쥐들은 상수리나무 주변 여기저
기에서 도토리를 주웠어요. 하지만 넛킨
은 찔레꽃 덤불에서 울새의 바늘꽂이를
모아 솔잎을 꽂으며 놀았지요.
다섯째 날, 다람쥐들은 브라운 할아버지
의 선물로 야생 꿀을 준비했어요. 꿀은 아
주 달콤하고 끈적거려서 할아버지 집 앞
계단 위에 올려놓고 손가락을 핥았지요.
다람쥐들은 산꼭대기 호박벌 벌집에서 꿀
을 훔쳐왔어요. 하지만 넛킨은 폴짝폴짝
뛰면서 노래를 불렀지요.
"흥얼흥얼 붕붕! 흥얼흥얼 붕붕!
티플틴을 지날 때 어여쁜 돼지 떼를 만
났네.
목이 노란 돼지들도 있었고 등이 노란 돼지들도 있었지.
정말 예쁜 돼지들이었다네.
티플틴을 지나간 돼지들 중에서 말이야."

브라운 할아버지는 넛킨의 무례함을 더 이상 참지 못하고 넌더리를 내며 눈을 떴고 꿀을 전부 먹어 버렸어요.

다람쥐들은 각자의 작은 주머니에 도토리를 가득 채웠어요. 하지만 넛킨은 크고 평평한 돌 위에 앉아서 초록 전나무 방울을 세워 놓고 사과를 굴려 볼링을 했어요.

여섯째 날인 토요일, 다람쥐들은 마지막으로 부엉이 섬에 다시 갔어요. 브라운 할아버지께 드릴 이별 선물로 골풀로 짠 작은 바구니에 방금 낳은 달걀을 넣어 준비했지요.

하지만 넛킨은 앞으로 달려나가 웃으며 소리쳤어요.

"험프티 덤프티가 시냇물에 누워 있네.

목에는 하얀 덮개를 두르고 있다네.

40명의 의사들과 40명의 목수도 있었지만, 아무도 험프티 덤프티를 고칠 수는 없다네!"

브라운 할아버지는 달걀에 관심을 보였어요. 한쪽 눈을 떴다가 다시 감았지만 여전히 아무런 말도 하지 않았지요.

넛킨은 점점 더 버릇없게 굴었어요.

"브라운 영감탱이! 브라운 영감탱이!

왕의 부엌문에 고삐가 걸려 있네.

왕의 모든 말과 신하들도 고삐를 다룰 수 없다네."

넛킨은 마치 햇살이 비추듯 춤을 췄지만 할아버지는 아무 말도 하지 않았어요.

넛킨은 다시 노래를 부르기 시작했지요.

"보워의 아더가 나왔네.

땅을 뒤흔들며 그가 오네.

스코틀랜드의 왕이 온 힘으로 그

를 막아도 보위의 아더를 막을 수는 없
다네.”

넛킨은 바람같이 윙윙거리는 소리를
내며 브라운 할아버지 머리 위로 뛰어
올라갔어요.

그러더니 갑자기 날개를 퍼덕거리는
소리와 옥신각신하며 실랑이를 벌이는
소리가 나더니 “꽥!” 하는 소리가 들렸
어요.

다른 다람쥐들은 모두 허둥지둥 덤불
속으로 숨었어요.

다람쥐들이 브라운 할아버지 집이 있
는 나무 주변을 살피며 조심스럽게 다
시 나왔어요. 브라운 할아버지는 문간
계단 위에서 눈을 감고 가만히 앉아 있
었지요. 마치 아무 일도 없었다는 듯이
말이죠.

그런데 넛킨이 할아버지 조끼 주머니 속에 있는 게 아니겠어요! 이렇게 이
야기가 끝난 것 같지만 그렇지 않아요.

브라운 할아버지는 넛킨을 집 안으로 데리고 들어가 꼬리로 넛킨을 꼼짝
못하게 붙잡고 껍질을 벗기려고 했어요. 넛킨이 너무 세게 힘을 주며 빠져

나가려 하다가 그만 꼬리가 두 동강이 나고
말았어요. 녀석은 간신히 빠져나와 계단으
로 허겁지겁 올라가 다락 창문으로 탈출했
지요.

지금까지도 넛킨을 만나 수수께끼에 대해
물어보면 나뭇가지를 집어 던지고 발을 동
동 구르며 소리치지요.

“쿡쿡쿡 쿠르쿡크크!!”

sunday	monday	tuesday	wednesday
—	—	—	—
—	—	—	—
—	—	—	—
—	—	—	—
—	—	—	—

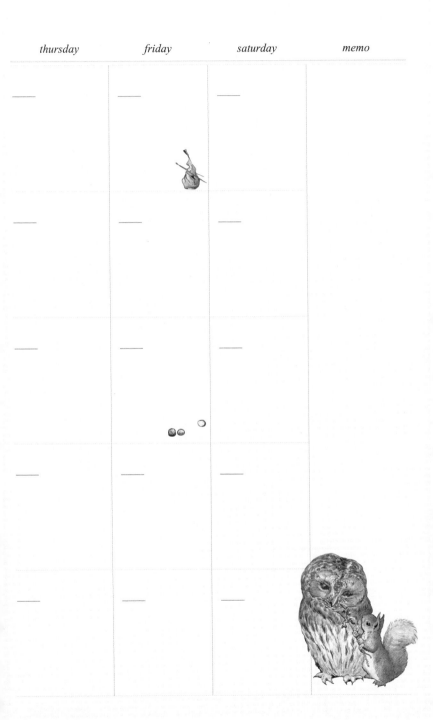

___
mon

___
tue

___
wed

___
thu

Fri

Sat

Sun

_____
mon

_____
tue

_____
wed

_____
thu

Fri

Sat

Sun

mon

tue

wed

thu

_____
Fri

_____
Sat

_____
Sun

1 2 3 4 5 6 7 8 9 10 11 12

_____
mon

_____
tue

_____
wed

_____
thu

Sat

Sun

mon

tue

wed

thu

Fri

Sat

Sun

The Tale of Timmy Tiptoes

티미 팁토스 이야기

옛날에 티미 팁토스라는 소박하고 통통한 회색 다람쥐가 살았어요. 티미 팁토스는 나무 꼭대기에 나뭇잎으로 초가지붕을 지은 보금자리에서 구디 라는 부인과 함께 살았지요.

티미 팁토스는 산들바람을 즐기며 앉아 있었어요. 그는 꼬리를 살랑살랑 휘저으며 미소를 지었지요.

"여보, 도토리가 다 익었구먼. 겨울과 봄을 잘 보내려면 도토리들을 창고에 저장해야겠어."

부인 구디 팁토스는 초가지붕 아래로 이끼를 밀어 넣느라 바빴지요.

"집이 아늑해서 겨우내 깊이 잠들 수 있겠어요."

"그러고는 양식이 다 떨어지는 봄이 오면
홀쭉해져서 깨어날 거야."

신중한 티모시가 대답했어요.

티미와 구디 부부가 도토리를 주우러 풀숲
에 갔더니 이미 다른 다람쥐들이 몽땅 가
져간 뒤였어요.

티미는 재킷을 벗어 나뭇가지에 걸어 두었
지요. 둘은 말없이 계속 일을 했어요.

부부는 매일 이곳저곳을 돌아다니며 많은

양의 도토리를 주웠어요. 주운 도토리를 주머니에 넣어 둘의 보금자리가 있는 나무 근처에 있는 구덩이 두세 곳에 묻어 두었지요.

구덩이들이 가득 차자 둘은 주머니에 있는 도토리를 나무 높은 곳에 있는 딱따구리가 파 놓은 구멍에 넣기 시작했어요. 도토리는 데굴데굴 굴러 안으로 떨어졌지요.

"어떻게 다시 꺼내려고 그래요? 저금통이나 마찬가지잖아요!"

구디가 말했어요.

"봄이 오기 전에 나는 홀쭉해질 거야, 여보!"

티미가 구멍을 들여다보며 말했어요.

부부는 상당히 많은 양의 도토리를 모았어요. 하나도 잃어버리지 않았기 때문이지요. 땅속에 도토리를 묻은 다람쥐들은 어디에 묻었는지 기억하지 못해 절반 이상을 잃어버리는 게 다반사거든요.

이 숲에서 건망증이 가장 심한 다람쥐는 실버테일이었어요. 실버테일은 땅을 파서 도토리를 묻기 시작하지만 어디에 묻었는지 도통 기억하질 못해요. 그러고는 아무데나 땅을 파서 다른 다람쥐가 묻어 놓은 도토리들을 찾아내는 바람에 싸움이 벌어지곤 하지요. 그러면 또 다른 다람쥐가 땅을 파기 시작하고 숲 전체에서 소동이 일어난답니다.

안타깝게도 그때쯤 한 무리의 새 떼가 날아와 덤불을 파헤치며 초록색 애벌레와 거미들을 찾고 있었어요. 새 무리에는 여러 종류의 새들이 각기 다른 노래를 부르고 있었지요.

첫 번째 새는 "누가 내 도토리를 파고 있나요? 누가 내 도토리를 파헤치고 있나요?"라는 노래를 불렀어요.

또 다른 새는 "조그만 빵 조각, 그리고 치즈는 없네! 조그만 빵 조각, 그리고 치즈는 없어!"라고 노래를 불렀지요.

다람쥐들은 따라가서 노래를 들었어요. 첫 번째 새는 티미와 구디가 조용히 도토리 주머니를 묶고 있는 덤불 속으로 날아 들어와 노래를 불렀어요.

"누가 내 도토리를 파내나요? 누가 내 도토리를 파헤치나요?"

티미와 구디는 대답 없이 계속 자신들이 할 일을 했어요. 실제로 새들도 다람쥐들의 대답을 기대하지는 않았지요. 아무 의미 없이 중얼거리며 부르는 노래였으니까요.

하지만 다른 다람쥐들은 노래를 듣거나 티미 팁토스에게 달려가 때리고 할퀸 다음 도토리 주머니를 뒤집어엎었어요. 악의는 없었지만 이 모든 장난의 발단이 된 꼬마 새는 깜짝 놀라 날아가 버렸지요.

티미는 데굴데굴 굴러서 달아나 자신의 집으로 도망쳤어요. 다람쥐들은 티미를 쫓아가며 소리쳤지요.

"누가 내 도토리를 파냈지?"

다람쥐들은 티미를 붙잡아 그 나무에 작은 구멍이 있는 곳까지 끌어 올린 다음 구멍 안으로 밀어 넣었지요. 하지만 그 구멍은 티미 팁토스의 몸집에 비해 너무 작았어요. 다람쥐들은 티미를 무지막지하게 구멍 안으로 쑤셔 넣었지요. 티미의 갈비뼈가 부러지지 않은 게 신기할 정도였어요.

"이 녀석이 자백할 때까지 여기에 놔두자."

실버테일이 말하며 구멍에 대고 소리쳤어요.

"누가 내 도토리를 파냈지?"

티미 팁토스는 아무런 대답도 하지 않았어요. 그는 나무 안으로 굴러 그동안 자신이 모아 놓은 도토리 위로 떨어졌어요. 그러고는 아무 말 없이 멍하니 누워 있었지요.

구디 팁토스는 도토리 주머니를 들고 집으로 왔어요. 티미에게 줄 차를 만들었지만 남편은 그때까지도 돌아오지 않았지요. 구디

팁토스는 외롭고 불행한 밤을 보냈어요. 다음 날 아침이 되자 구디는 도토리를 줍던 수풀로 돌아가 남편을 찾았지만 못된 다람쥐들이 그녀를 내쫓아버렸어요.

구디는 남편을 부르며 온 숲을 돌아다녔어요.

"티미 팁토스! 티미 팁토스! 어디 있어요, 티미 팁토스?"

그 사이 티미 팁토스는 정신을 차렸어요. 깨어보니 자신은 이끼 침대 속에 들어가 있고, 주변은 매우 어두웠는데, 온몸이 쑤시는 느낌이었어요. 마치 땅속에 있는 것 같았지요.

티미는 갈비뼈가 아파서 기침을 하고 끙끙거렸어요. 찍찍거리는 소리가 들리더니 등불을 들고 있는 얼룩 다람쥐가 눈에 들어왔어요. 티미를 걱정하는 듯한 표정이었지요.

티미 팁토스가 이렇게 극진한 대접을 받기는 처음이었어요. 얼룩 다람쥐는 티미에게 취침용 모자도 빌려주었는데, 집에는 없는 게 없었어요.

줄무늬 다람쥐는 나무 꼭대기에서 도토리가 비 오듯이 쏟아졌다고 말했어요.

"게다가 땅에 묻혀 있는 것도 몇 개 찾았어요!"

티미의 이야기를 듣자 줄무늬 다람쥐는 크게 웃었어요. 티미가 침대에만 누워 있는 동안 많은 양의 도토리를 먹었지요.

"그런데 저 구멍을 통해 나가려면 홀쭉해져야 하는데, 어쩌지? 아내가 걱정할 텐데!"

"내가 까 줄게요. 한두 개만 더 먹어요."

줄무늬 다람쥐가 말했어요.

티미 팁토스는 점점 더 뚱뚱해졌어요.

이제 구디는 혼자서 다시 일하기 시작했어요. 구디는 더 이상 딱따구리 구멍에 도토리를 넣지 않았지요. 그녀는 항상 어떻게 꺼낼지 걱정스러웠기 때문이에요. 구디는 나무뿌리 아래에 도토리를 숨겼어요. 도토리는 데굴데

굴 굴러떨어졌지요. 한번은 구디가 큰 도토리 주머니를 비우자 '찍' 하는
소리가 크게 들렸고, 또 다른 주머니를 가져오자 조그만 줄무늬 다람쥐가
허겁지겁 기어 나왔어요.
"아래층이 완전히 다 찼어요. 거실도 차서 도토리가 복도로 굴러 떨어져요.
남편 치피 하키는 날 버려두고 도망갔어요. 하늘에서 쏟아지는 도토리들은
다 뭐죠?"
"죄송해요! 누가 살고 있는 줄 몰랐어요. 그런데 치피 하키 씨는 어디에 있
죠? 제 남편 티미 팁토스도 도망갔어요."
구디 팁토스가 말했어요.
"전 치피가 어디 있는지 알아요. 꼬마 새들이 말해 줬어요."
치피 하키 부인이 말했어요.

치피 하키 부인은 딱따구리가 사는 나무로
안내했어요. 둘은 구멍에서 나는 소리에
귀를 기울였지요.
저 아래서 도토리를 까는 소리도 들리고,
뚱뚱한 다람쥐와 홀쭉한 다람쥐가 함께 노
래 부르는 소리도 들렸어요.
"아버지와 저는 떨어졌어요.
이 문제를 어떻게 헤쳐 나가야 할까요?
할 수 있는 한 열심히 노력해 보자."

"저 작은 구멍으로 들어갈 수 있죠?"
구디가 물었어요.
"네, 얼마든지 들어갈 수는 있지만 만일 들어가면 남편이 절 물어 버릴 거
예요!"
줄무늬다람쥐가 대답했어요.
저 아래서 도토리를 까는 소리와 갉아먹는 소리도 들리고 뚱뚱한 다람쥐와
홀쭉한 다람쥐가 함께 노래 부르는 소리도 들렸어요.
"룰루랄라 좋은 날!
신나고 즐거운 날!
룰루랄라 신나고 즐거운 날!"

구디가 구멍 안을 들여다보며 불렀어요.

"티미 팁토스! 오, 저런, 티미 팁토스!"

그러자 티미 팁토스가 대답했지요.

"당신이오, 구디 팁토스? 이런, 맞구먼!"

티미는 나무를 타고 올라가 구멍으로 구디에게 키스했어요. 하지만 너무 살이 쪄서 밖으로 나갈 수가 없었어요.

치피 하키는 뚱뚱하지 않았지만 밖으로 나가고 싶지 않았어요. 그는 저 아래에 머물면서 싱긋 웃었지요.

2주 동안 아무런 상황 변화가 없었어요. 거센 바람이 불어 나무 윗부분이 날아가 버리는 바람에 구멍이 뚫리고 비가 들어올 때까지 말이지요.

그러자 티미 팁토스는 밖으로 나와 우산을 쓰고 집으로 돌아갔어요.

하지만 치피 하키는 불편한 것도 아랑곳하지 않고 일주일을 그곳에서 더 지냈어요.

결국 커다란 곰이 숲을 걸어 다니며 도토리를 찾았지요. 곰은 주변 냄새를 맡는 것 같았어요.

치피 하키는 서둘러 집으로 갔어요. 치피 하키가 집으로 돌아왔을 때 자신이 감기에 걸렸다는 것을 알았어요. 집에 돌아왔지만 여전히 더 힘들었지요.

티미와 구디는 이제 조그만 자물쇠로 도토리 창고를 단속하지요. 그리고 꼬마 새가 줄무늬다람쥐를 볼 때마다 노래를 불러요.

"내 도토리는 누가 파헤쳤지? 내 도토리는 누가 파냈지?"

하지만 아무도 대꾸를 하지 않아요.

1 2 3 4 5 6 7 8 9 10 11 12

sunday	monday	tuesday	wednesday
—	—	—	—
—	—	—	—
—	—	—	—
—	—	—	—
—	—	—	—

thursday	friday	saturday	memo
‒‒‒‒	‒‒‒‒	‒‒‒‒	
‒‒‒‒	‒‒‒‒	‒‒‒‒	
‒‒‒‒	‒‒‒‒	‒‒‒‒	
‒‒‒‒	‒‒‒‒	‒‒‒‒	
‒‒‒‒	‒‒‒‒	‒‒‒‒	

_____
mon

_____
tue

_____
wed

_____
thu

Fri

Sat

Sun

———
mon

———
tue

———
wed

———
thu

Fri

Sat

Sun

_____
mon

_____
tue

_____
wed

_____
thu

Fri

Sat

Sun

mon

tue

wed

thu

Fri

Sat

Sun

1 2 3 4 5 6 7 8 9 10 11 12

_____
mon

_____
tue

_____
wed

_____
thu

Fri

Sat

Sun

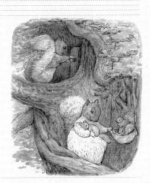

티기 윙클 부인 이야기

옛날 옛적에 루시라는 꼬마 소녀가 '작은 마을'이라는 이름의 농장에 살았어요. 루시는 착한 꼬마 소녀였는데, 앞치마와 손수건을 자주 잃어버렸지요. 어느 날 꼬마 소녀 루시는 펑펑 울면서 농장 마당으로 들어왔어요.

"앞치마랑 손수건을 잃어버렸어! 손수건 세 장이랑 앞치마. 아기 고양이 태비야, 혹시 못 봤니?"

아기 고양이는 아무 대꾸도 없이 제 혀로 하얀 발을 닦기만 했지요.

하는 수 없이 루시는 얼룩이 암탉에게 물었어요.

"샐리 헤니 페니, 혹시 앞치마랑 손수건 본 적 있어요?"

하지만 얼룩이 암탉은 꼬꼬꼬 울면서 헛간으로 뛰어들어갔어요.

"나 맨발이야, 맨발, 맨발!"

그러자 루시는 나뭇가지에 앉아 있는 도요새 로빈에게 물었어요.

로빈은 반짝이는 까만 눈으로 루시의 옆을 보면서 계단을 넘어 날아가 버렸지요.

루시는 계단 위로 올라가 '작은 마을' 농장의 뒷동산을 올려다보았어요. 뒷동산은 높이 높이 솟아올라 구름까지 닿아 있어 마치 꼭대기가 없는 것 같았지요.

뒷동산 쪽으로 가는 길에 루시는 풀밭 위에 하얀 무언가가 펼쳐져 있는 것을 본 것 같다고 생각했어요.

루시는 튼튼한 두 다리로 최대한 빨리 산을 타고 올라갔지요. 가파른 길을 따라 오르고 또 올라 '작은 마을'이 바로 발아래 보이는 곳까지 올라갔어요. 굴뚝으로 돌멩이를 떨어뜨릴 수 있을 것만 같은 아주 높은 곳이었지요.

오래지 않아 산 쪽에서 뽀글뽀글 물이 솟는 샘에 도착했지요.

물을 담을 수 있도록 누군가가 양철통을 돌 위에 두었지만 통 속의 물은 이미 흘러넘치고 있었어요. 양철통은 삶은 달걀 하나를 담을 수 있는 크기였지요. 주변 흙길은 젖어 있었고, 아주 작은 발자국이 찍혀 있었어요.

루시는 뛰고 또 뛰었지요.

길은 커다란 바위 아래에서 끝이 났어요.

초록빛 짧은 풀들이 자라고 있었고, 거기에 옷들이 있었지요. 고사리 줄기를 자른 막대기에 골풀을 떻은 줄과 자그마한 옷핀 더미도 있었지만, 손수건은 보이지 않았어요.

그러나 거기엔 문이 있었어요! 언덕 바로 위에 말이에요! 그 안에서 누군가 흥얼거리는 노랫소리가 들렸어요.

"백합처럼 하얗고 깨끗한, 오! 그 사이엔 작은 주름장식이, 오! 부드럽고 따뜻한 붉은 얼룩은 이제 다시 보이지 않아요, 오!"

루시가 똑똑 노크를 하자 노래가 멈췄어요.

그러고는 겁먹은 작은 목소리가 들렸지요.

"누구세요?"

루시는 문을 열었어요. 과연 그 안에는 무엇이 있었을까요? 널찍한 돌이 깔린 바닥에 나무 테두리의 근사하고 깨끗한 부엌은 여느 농장의 부엌과 다를 바 없었지요. 다만 천장이 너무 낮아서 루시의 머리가 거의 닿을 정도였고, 냄비나 프라이팬 등 모든 것들이 아주 작았어요.

뭔가 구수하게 타는 냄새가 났고, 테이블에는 한 손에 다리미를 들고 있는 땅딸막한 누군가가 근심스러운 얼굴로 루시를 바라보고 있었지요.

그녀의 가운은 소맷단이 접혀 있었고, 큰 앞치마가 줄무늬 패티코트를 덮고 있었어요. 그녀는 눈을 깜빡거리며 작고 까만 코를 킁킁거렸지요. 루시와 그녀 둘 다 모자를 썼는데, 루시의 모자 아래로는 금발의 곱슬머리가 보이고 그녀의 모자 아래로는 가시가 보였어요!

"누구세요? 혹시 제 손수건을 보셨나요?"
루시가 물었지요.
조그만 덩치의 그녀는 인사를 하며 말했어요.
"오, 그래요. 음……, 내 이름은 티기 윙클이에요. 오, 그래요.
음……, 나는 빨래를 하고 풀을 먹이는 일을 아주 잘한답니다!"
그녀는 빨래 바구니에서 무언가를 꺼내서 다리미 바구니 위에 펼쳤어요.
"그게 뭐죠? 혹시 제 손수건 아닌가요?"
루시가 물었지요.
"오, 아니에요. 음……, 이건 도요새 로빈 씨의 붉은 조끼랍니다."
그러고는 정성껏 다림질을 한 다음 잘 개어서 한쪽으로 치워놓았어요.
그런 다음 그녀는 빨래 건조대에서 뭔가를 꺼냈어요.
"그거, 제 앞치마 아닌가요?"

루시가 물었어요.

"오, 아니에요. 음……, 다마스크 천으로 만든 제니 렌의 테이블보예요. 와인 얼룩 좀 보세요. 이런 얼룩은 지우기가 참 힘들답니다!"

티기 윙클 부인이 말했어요.

티기 윙클 부인은 코를 쿵쿵거리며 눈을 반짝였지요.

그러고는 난로에서 뜨거운 다리미를 하나 더 꺼냈어요.

"그건 제가 잃어버린 손수건들 중 하나예요! 그건 제 앞치마고요!"

루시가 울며 말했어요.

티기 윙클 부인은 다림질을 하며 주름을 잡고 옷의 구김을 없앴어요.

"와! 참 예쁘네요!"

루시가 말했어요.

"그런데 장갑처럼 생긴 그 노랗고 긴 건 뭐죠?"

"오, 이건 샐리 헤니 페니의 스타킹이라오. 마당을 다니며 긁어대는 바람에 뒤꿈치 닳은 것 좀 봐요! 머지않아 맨발로 다니게 생겼다니까!"

티기 윙클 부인이 말했어요.

"다른 손수건도 있네요. 근데 이건 제 것이 아니에요. 빨간색인가요?"

"오, 아니에요. 음……, 이건 토끼 부인의 손수건이라오. 양파 냄새가 지독했지! 이것만 따로 빨았는데도 냄새가 빠지질 않는다니까."

"저기 또 다른 손수건이 있네요. 이것도 제 것이네요."

루시가 말했지요.

"저 조그맣고 우습게 생긴 하얀 건 뭐죠?"

"저건 아기 고양이 태비의 벙어리장갑이죠. 태비가 알아서 세탁하니까 나는 다림질만 하면 된답니다."

"저것도 제가 잃어버린 세 번째 손수건이네요!"

루시가 말했어요.

"풀을 먹이는 그릇에 뭘 담근 거죠?"

"박새 톰 아저씨의 조그만 셔츠 앞장식이랍니다. 이게 제일 까다로워요!"

티기 윙클 부인이 말했어요.
"이제 다림질은 다 끝났고, 빨래를 널 차례예요."

"부드럽고 폭신한 이건 뭐죠?"
루시가 물었지요.
"오, 그건 스켈길에 사는 꼬마 양들의
털복숭이 코트예요."
"그렇게 털가죽을 벗을 수도 있나요?"
루시가 물었어요.

"오, 그럼요. 어깨에 찍혀 있는 표시를
보세요. 도장이 하나짜리는 게이트거스
에 사는 양들의 것이고, 세 개짜리는 작
은 마을에서 온 거죠. 세탁할 때는 항상
표시를 해 둔답니다!"
티기 윙클 부인이 말했어요.
티기 윙클 부인은 옷의 종류와 크기에 맞게 분류해 가며 빨래를 널었어요.
생쥐의 조그만 갈색 코트들과 검정색 부드러운 두더지 털가죽 조끼, 다람쥐
넛킨의 꼬리 없는 빨간 연미복과 쭈글쭈글한 피터 래빗의 파란 재킷, 세탁
하는 동안 표시가 떨어져 나가 누구 것인지 모르게 된 패티코트 하나. 마침
내 빨래 바구니가 모두 비워졌어요.
그리고 티기 윙클 부인은 차를 끓였지요. 한 잔은 부인이 마실 차이고, 다른
한 잔은 루시의 것이었어요. 둘은 난로 앞 벤치에 앉아 서로를 곁눈으로 바
라보았지요.
찻잔을 들고 있는 티기 윙클 부인의 손은 진한 갈색이었는데, 비누 거품이
묻어 있고 쭈글쭈글했어요. 그리고 그녀의 가운과 모자 전체에 머리핀의 뾰
족한 부분이 거꾸로 튀어나와 있었어요. 그래서 루시는 부인의 곁에 가까이
앉고 싶지 않았지요.
차를 다 마신 뒤 옷들을 모두 모아 한데 묶었어요. 루시의 손수건들은 깨끗
하게 빤 루시의 앞치마 안에 접어 넣은 다음 은색 안전핀으로 단단히 고정
시켰지요.
그들은 토탄을 넣어 난로를 지피고 집을 나온 다음 문을 잠갔어요. 열쇠는

문지방 아래 숨겨 두었지요.

루시와 티기 윙클 부인은 옷 꾸러미를 들고 총총걸음으로 산을 내려왔어요.

한참을 내려가자 작은 동물들이 덤불에서 나와 그들을 반겼지요. 맨 처음 만난 동물은 피터 래빗과 벤저민 버니였어요.

부인은 그들에게 깨끗이 빤 옷을 건네주었어요. 꼬마 동물들과 새들은 티키 윙클 부인에게 아주 고마워했지요.

루시는 한 손에 꾸러미를 들고 계단을 기어 올라갔어요. 그런 다음, 부인에게 감사 인사와 작별 인사를 하려고 뒤를 돌았지요. 그런데 이상한 일이었어요! 티기 윙클 부인은 감사 인사나 세탁비를 받을 생각도 없는 듯 산 쪽으로 달리고, 달리고, 또 달렸지요. 그녀의 주름장식이 달린 모자는 어디로 가 버린 걸까요? 숄은요? 그녀의 가운과 패티코트는 또 어디 간 걸까요?

부인은 몸집도 작아지고, 온통 갈색에 가시로 온몸이 뒤덮여 있었지요.

도대체 어떻게 된 일일까요?

티기 윙클 부인은 고슴도치였던 거예요.

어떤 사람들은 루시가 계단에서 깜빡 잠이 들어 꿈을 꾼 거라고 말을 하지요. 그러나 만약 그렇다면 그녀는 어떻게 잃어버렸던 손수건 세 장과 앞치마를 깨끗하게 세탁한 다음 안전핀으로 단단히 고정시킨 상태로 다시 찾을 수 있었을까요?

사실 저도 '고양이 방울'이라고 불리는 언덕 뒤 안쪽으로 통하는 문을 직접 본 적이 있답니다. 게다가 그 상냥한 티기 윙클 부인은 저와도 잘 아는 사이거든요!

sunday	monday	tuesday	wednesday
——	——	——	——
——	——	——	——
——	——	——	——
——	——	——	——
——	——	——	——

thursday	friday	saturday	memo
——	——	——	
——	——	——	
——	——	——	
——	——	——	
——	——	——	

_____
mon

_____
tue

_____
wed

_____
thu

_____
Fri

_____
Sat

_____
Sun

1 2 3 4 5 6 7 8 9 10 11 12

_____
mon

_____
tue

_____
wed

_____
thu

_____
Fri

_____

Sat

_____
Sun

_____
mon

_____
tue

_____
wed

_____
thu

Fri

Sat

Sun

1 2 3 4 5 6 7 8 9 10 11 12

_____
mon

_____
tue

_____
wed

_____
thu

Fri

Sat

Sun

_____
mon

_____
tue

_____
wed

_____
thu

Fri

Sat

Sun

The Tale of Two Bad Mice
나쁜 쥐 두 마리 이야기

아주 아름다운 인형의 집이 있었어요. 빨간
벽돌로 된 하얀 창문에 모슬린 천 커튼이
드리워져 있고 정문과 굴뚝까지 있는 예쁜
집이었지요.
그 집은 루신다와 제인이라는 인형들의 집
이었어요. 사실은 루신다의 집이었지만 그
녀는 단 한 번도 식사를 시켜서 먹은 적이
없었지요.

반면 제인은 요리사였지만 집에서 요리해
본 적이 없었어요. 늘 대팻밥이 가득한 상자
에 담아 파는 조리된 요리를 사다 먹었기 때
문이지요.
상자 안에는 바닷가재 두 마리와 햄, 생선,
푸딩, 배와 귤이 들어 있었어요. 접시에서
떼어낼 수는 없지만 정말 먹음직스러웠답
니다.
어느 날 아침, 루신다와 제인이 유모차를 타

190

고 드라이브를 나갔어요. 아기방에는 아무도 없었고 쥐 죽은 듯 조용했지요. 이내 벽 아랫부분에 구멍이 나 있는 벽난로 근처 구석에서 쏙쏙, 득득 긁는 소리가 작게 들렸어요.

톰 썸은 머리를 살짝 내밀더니 다시 머리를 불쑥 방 안으로 내밀었어요. 톰 썸은 생쥐예요.
잠시 후, 톰의 부인 훈카 문카도 방 안으로 고개를 내밀었어요. 그녀는 아기방에 아무도 없는 걸 확인한 뒤 위험을 무릅쓰고 숯통 아래 달린 기름 먹인 천 위로 나왔지요.

인형의 집은 벽난로 반대쪽에 있었어요. 톰 썸과 훈카 문카는 조심스럽게 벽난로 앞 깔개를 가로질러 갔지요. 인형의 집 정문을 밀었지만 잘 열리지 않았답니다.
톰 썸과 훈카 문카는 위층으로 올라가 식당을 몰래 엿보았어요.
그러고는 기뻐서 찍! 찍! 하고 소리쳤지요.
식탁 위에 차려진 음식들이 무척 맛있어 보였어요. 양철 숟가락과 납으로 만든 칼과 포크, 인형 의자 두 개. 모든 것이 너무나 좋아 보였답니다.
톰 썸은 즉시 햄을 썰기 시작했어요. 윤기 나는 노란색에 붉은색으로 줄무늬를 이루는 아름다운 햄이었지요.
그러나 칼이 구부러지면서 톰은 손가락을 다쳤고, 그 다친 손가락을 입으로 가져갔어요.

"아직 충분히 익히지 않았나 봐. 딱딱하네. 네가 해 봐, 훈카 문카."
훈카 문카는 의자에서 일어나 다른 칼로 햄을 잘랐어요.
"햄이 치즈 장수 네 햄처럼 딱딱하네."
갑자기 잡아당기는 바람에 햄과 접시가 분리되었고, 식탁 밑으로 굴러떨어졌어요.

"그냥 놔두고, 생선 좀 줘 봐, 훈카 문카."

톰이 말했어요.

훈카 문카는 모든 양철 숟가락으로 차례차례 생선을 떼어 보려 했지만 접시에 붙어 있는 걸 도저히 떼어 낼 수가 없었어요. 그러자 톰 썸은 화가 났지요. 그는 햄을 마루 한가운데에 두고 부젓가락과 삽으로 쾅! 쾅! 내리쳤답니다. 햄은 산산조각이 났고, 반짝이는 페인트 속에는 플라스틱뿐이었어요.

톰 썸과 훈카 문카의 실망과 분노는 쉬이 사라지지 않았어요. 둘은 푸딩과 바닷가재, 배와 오렌지를 부숴 버렸지요.

생선이 접시에서 떨어지지 않자 생선 접시를 부엌의 시뻘겋고 쪼글쪼글한 종이 모형 불 속에 넣었지만 떨어지기는커녕 타지도 않았어요.

톰 썸은 부엌 굴뚝으로 올라가 꼭대기에서 밖을 내다보았는데, 검댕이 하나도 없었어요.

톰 썸이 굴뚝 위에 올라가는 동안 훈카 문카는 또 한 번 실망했답니다. 그녀가 찬장에서 쌀, 커피, 야자 가루라고 적힌 보관 통을 찾았는데, 쏟아 보니 그 안에 든 거라곤 빨간 구슬, 파란 구슬뿐이었어요.

그러자 생쥐들은 온갖 못된 장난을 저지르기 시작했어요. 톰 썸이 좀 더 심했지요. 톰은 제인의 옷을 침실 서랍장에서 꺼내 맨 위층에서 밖으로 던져 버렸어요.

하지만 훈카 문카는 알뜰했어요. 루신다의 베개에서 깃털을 끄집어내다가 그동안 자신이 깃털 침대를 갖고 싶어했다는 사실이 생각났어요.

톰 썸의 도움을 받아 베개를 아래층으로 옮기고 난로 앞 깔개를 가로질러 달려갔어요. 쥐구멍으로 베개를 구겨 넣는 게 쉬운 일은 아니었지만 어떻게든 해냈지요.

그러고는 훈카 문카는 방으로 돌아가 의자와 책장, 새장과 조그만 잡동사니들을 가져왔어요. 책장과 새장은 쥐구멍에 들어가지 않았지요.

훈카 문카는 책장과 새장을 숯 통 뒤에 두고는 아기 침대를 가져왔어요.

훈카 문카가 또 다른 의자를 가지고 돌아왔을 때 밖에서 인형들이 집에 도착해 말하는 소리가 들렸어요. 생쥐들은 서둘러 쥐구멍으로 돌아갔고 인형들은 아기방으로 들어왔어요.

제인과 루신다가 맞닥뜨린 광경이란!

루신다는 엉망이 된 부엌 난로 위에 앉아 그 광경을 바라보고 있었고, 제인은 부엌 찬장에 기대 웃고 있었지만, 둘 다 아무 말도 하지 않았어요.

책장과 새장은 숯 통 밑에서 다시 찾았지만 아기 침대와 루신다의 옷들은 훈카 문카의 차지가 되었어요.

그녀는 또 유용한 냄비와 항아리, 그 밖의 여러 가지를 가져갔지요.

그 인형의 집주인인 어린 소녀는

"경찰 아저씨 옷을 입은 인형을 살 거야!"라고 말했어요.

그러나 보모는 "쥐덫을 사야겠구나!"라고 말했어요.

나쁜 생쥐 두 마리 이야기지만 사실 그렇게까지 나쁜 생쥐들은 아니었어요. 톰 썸이 자기가 망가뜨린 물건들 값을 치렀기 때문이지요.

벽난로 앞 깔개 밑에서 구부러진 6펜스를 발견한 톰은 크리스마스이브에 아내와 함께 루신다와 제인의 양말속에 그 돈을 넣어 놓았어요.

그리고 날마다 아무도 깨지 않은 이른 아침 시간에 훈카 문카는 자신의 쓰레받기와 빗자루를 가지고 인형의 집을 청소해 준답니다.

sunday	monday	tuesday	wednesday
——	——	——	——
——	——	——	——
——	——	——	——
——	——	——	——
——	——	——	——

thursday	friday	saturday	memo
——	——	——	
——	——	——	
——	——	——	
——	——	——	
——	——	——	

———
mon

———
tue

———
wed

———
thu

Fri

Sat

Sun

1 2 3 4 5 6 7 8 9 10 11 12

mon

tue

wed

thu

Fri

Sat

Sun

mon

tue

wed

thu

―――
Fri

―――
Sat

―――
Sun

1 2 3 4 5 6 7 8 9 10 11 12

_____
mon

_____
tue

_____
wed

_____
thu

Fri

Sat

Sun

___
mon

___
tue

___
wed

___
thu

Fri

Sat

Sun

"Once upon a time there were four little
Rabbits, and their names were—
—Flopsy, Mopsy, Cotton-tail, and Peter."

I cannot draw you a picture of Peter and Benjamin underneath the basket, because it was quite dark, and because the smell of onions was fearful.

It is said that the effect of eating too much lettuce is "soporific."
I have never felt sleepy after eating lettuces; but then I am not a rabbit.
They certainly had a very soporific effect upon the Flopsy Bunnies!

HE comes creeping up behind the trees.
AND then he shoots—Bang!

Jemima complained of the superfluous hen. "Indeed! how interesting! I wish I could meet with that fowl.

And because the Mouse has teased Miss Moppet—
Miss Moppet thinks she will tease the Mouse;
which is not at all nice of Miss Moppet.

He had the dearest little red float. His rod was a tough stalk of grass, his line was a fine long white horse-hair, and he tied a little wriggling worm at the end.

"Keep away from the dirty ash-pit, and from Sally Henny Penny, and from the pig-stye and the Puddle-Ducks."

Nutkin pulled so very hard that his tail broke in two, and he dashed up the staircase and escaped out of the attic window.

"I shall be much thinner before spring-time, my love," said Timmy Tiptoes, peeping into the hole.

TOM THUMB went up the kitchen chimney and looked out at the top—there was no soot.

"Sally Henny-penny, have you found three pocket-handkins?" But the speckled hen ran into a barn, clucking— "I go barefoot, barefoot, barefoot!"

But Peter, who was very naughty, ran straight away to Mr. McGregor's garden, and squeezed under the gate!

At this point old Mrs. Rabbit's voice was heard inside the rabbit hole, calling, "Cotton-tail! Cotton-tail! fetch some more camomile!"

The Flopsy Bunnies simply stuffed lettuces. By degrees, one after another, they were overcome with slumber, and lay down in the mown grass.

The collie-dog Kep met her coming out.
"What are you doing with those onions?
Where do you go every afternoon by
yourself, Jemima Puddle-duck?"

But what a horrible surprise! Instead of a smooth fat minnow, Mr. Jeremy landed little Jack Sharp the stickleback, covered with spines!

Tom Kitten was quite unable to jump when walking upon his hind legs in trousers. He came up the rockery by degrees, breaking the ferns, and shedding buttons right and left.

Then Twinkleberry and the other little squirrels each made a low bow, and said politely:— "Old Mr. Brown, will you favour us with permission to gather nuts upon your island?"

On the third day the squirrels got up very early and went fishing; they caught seven fat minnows as a present for Old Brown.

Chippy Hackee went home in a hurry! And when Chippy Hackee got home, he found he had caught a cold in his head; and he was more uncomfortable still

TOM THUMB and Hunca Munca went upstairs and peeped into the dining-room. Then they squeaked with joy! Such a lovely dinner was laid out upon the table!

He found a crooked sixpence under the hearthrug;
and upon Christmas Eve, he and Hunca Munca stuffed
it into one of the stockings of Lucinda and Jane.

All the way down the path little animals came out of the fern to meet them; the very first that they met were Peter Rabbit and Benjamin Bunny!

Mr. McGregor came up with a sieve, which he intended to pop upon the top of Peter; but Peter wriggled out just in time, leaving his jacket behind him.

Peter replied, "The scarecrow in Mr. McGregor's garden," and described how he had been chased about the garden, and had dropped his shoes and coat.

"Don't you be silly; what do you mean, you silly old man?"
"In the sack! one, two, three, four, five, six!" replied Mr. McGregor.

HE doesn't say "Please." He takes it!

"Ah! is that so? indeed!" said the gentleman with
sandy whiskers, looking curiously at Jemima.

The Mouse watches Miss Moppet from the top of the cupboard. Miss Moppet ties up her head in a duster, and sits before the fire.

And while Mr. Jeremy sat disconsolately on the edge of his boat—sucking his sore fingers and peering down into the water—a much worse thing happened.

He was all in pieces when he reached the top of the wall. Moppet and Mittens tried to pull him together; his hat fell off, and the rest of his buttons burst.

But Nutkin was excessively impertinent in his manners. He bobbed up and down like a little red cherry, singing—. "Riddle me, riddle me, rot-tot-tote! A little wee man, in a red red coat!"

But Chippy Hackee continued to camp out for another week, although it was uncomfortable.

TOM THUMB set to work at once to carve the ham. It was a beautiful shiny yellow, streaked with red.

"That's a pair of mittens belonging to Tabby Kitten; I only have to iron them; she washes them herself."

PERSONAL DATA

Name

Birthday

Adress

Mobile phone

Telephone

E-Mail

Homepage

Blog